Ségolène Royal

« Mais qui va garder les enfants ? »

Fayard

Photo de couverture : © Marianne Rosenstiehl

ISBN : 978-2-213-73175-9

Dépôt légal : octobre 2025

Avant-propos : la dette générationnelle

L'amour maternel n'est pas une faiblesse mais une force. L'action politique ferait bien de s'en inspirer. Surtout à l'heure des dettes aussi dangereuses qu'injustes envers les nouvelles générations : la facture climatique, le déficit budgétaire, la désindustrialisation, la paupérisation des paysans, le numérique toxique, la peur de la précarité, la dégradation démocratique, la violence d'un monde en guerre. Les jeunes doivent être soutenus et encouragés pour trouver la force et l'envie d'inventer leur avenir.

« **Mais qui va garder les enfants ?** » Cette phrase n'était pas une question innocente. Elle me fut jetée à la figure, comme une arme, dans le mépris le plus cru, pour m'assigner à ma condition de femme et me renvoyer à la maison, loin de l'arène présidentielle. Certains s'en souviennent : elle fut proférée pour me ridiculiser, pour étouffer dans l'œuf une candidature jugée incongrue parce qu'elle venait d'une femme, d'une mère, d'une autre manière de faire de la politique. On ricanait en coulisses, persuadé d'avoir trouvé la pique définitive.

Mais j'ai choisi de bâtir un renversement. De faire d'un mépris une question centrale, incontournable. De transformer l'insulte en boussole. Car ce que ne savaient pas ceux qui l'ont proférée pour me disqualifier et ceux qui en ont joui, c'est qu'il ne s'agit pas seulement d'une question maternelle, c'est, sauf pour ceux qui font de la politique pour leur ego et leur profit, le sujet politique prioritaire. Mais qui va garder les enfants ? Qui va garder leur avenir ? Qui va garder leur droit de naître et de grandir dans la tranquillité ? Qui va les garder de l'anxiété ? Qui va protéger leur futur ? Leur planète ? Qui va leur faire espérer le bonheur et la liberté dans ce monde violent ? Qui va rembourser les dettes ?

Oui, cette attention portée à ceux qui viennent après nous, et qui déjà sont là, devrait être le socle de toute politique, dans cette promesse tenue envers les générations qui montent, dans cet engagement de ne jamais les laisser seuls face aux tempêtes.

« Mais qui va garder les enfants ? » Il est des reproches qui vous giflent et qui ne vous quittent plus. Celui-ci m'a suivie comme une cicatrice. Il disait le prix à payer pour avoir franchi un interdit : entrer, mère de quatre enfants, dans la sphère publique au plus haut niveau. Ils y voyaient une malformation.

Moi, j'y voyais la preuve que l'amour des siens et le service de tous peuvent marcher ensemble. Et dix-sept millions d'électeurs ont pensé pareillement.

J'ai feint de ne pas entendre leurs ricanements grossiers, leurs regards fuyants, leur hostilité sourde.

Comme si porter la vie vous interdisait de porter un destin collectif. Comme si aimer ses enfants vous disqualifiait pour aimer un pays.

Je parle d'expérience. Plus de trente ans de vie politique, dans les territoires ruraux, les ministères, les responsabilités internationales, les campagnes électorales. Tout en mettant au monde quatre enfants et en en prenant soin. Bien davantage que simplement les « garder », sauf si ce mot est entendu dans sa valeur la plus large comme je vais le faire dans ce livre.

J'ai appris à décider sous le regard scrutateur d'une société prompte à juger les femmes plus durement. J'en tire une conviction profonde : les qualités que l'on prête à l'amour maternel – vigilance, patience, constance, exigence – sont précisément celles que les citoyens inquiets attendent aujourd'hui de leurs dirigeants. D'ailleurs la République ne les appelle-t-elle pas « les enfants de la patrie » ? Et que dit-on de notre planète, sinon qu'elle est notre *Terre-mère* ? Que des mots au féminin-maternel.

« Mais qui va garder les enfants ? »

Cette agression verbale ne m'a pas abattue. Elle m'a blessée mais donné de la force. C'était un défi. Désormais pour toutes les mères qui veulent se réaliser aussi par leur travail ou leur passion, je n'avais pas le droit de me laisser abattre. Et je devais prouver que la conciliation était possible même si elle est difficile. Mes enfants sont restés en bonne santé et à partir de là tout resta possible. Un seul d'entre eux serait tombé gravement malade, il aurait été prioritaire sur tout le reste. Je n'ai pas eu à concéder cette jubilation à mes détracteurs et adversaires.

Ils murmuraient de moins en moins discrètement dans les couloirs, ça revenait en boucle, comme une tentative d'assignation, dans mon camp comme dans celui d'en face.

« Elle ne tiendra pas. Elle a des enfants. Elle n'a pas le cuir assez épais. » « Elle s'est déclarée dans une émission de variétoche avec Jamel. » « C'est un clown comme elle. » « Ça va pas aller bien loin. » « Elle n'a pas d'équipe, sauf quelques utérus à pattes. » « C'est une boiteuse, une bécassine. » « Une illusion. » « Une impasse. » « On va la faire rentrer à la maison s'occuper de ses gosses. »

Ils parlaient de moi comme d'un mystère qu'il fallait dissiper, d'une anomalie qu'il fallait éliminer. Ma déclaration de candidature ? Une plaisanterie. Mon passage dans une émission populaire ? Une faute de goût. Ma parole ? Une dissonance.

Leur monde était un entre-soi si verrouillé qu'il fallait me rapetisser pour préserver leurs équilibres. Une tentative de rétablir l'ordre viril : le pouvoir aux hommes, le soin aux femmes, la parole publique au clan, le silence aux mères.

Ils n'avaient pas encore compris que ce qui me tenait debout, ce n'était pas l'ambition.

C'était la responsabilité. Ils croyaient avoir affaire à une stratégie. Ils faisaient face à une conviction.

Puis vint la hargne au fur et à mesure qu'ils me voyaient rester debout. Celle qui déshabille les puissants. Les mots sont devenus plus violents. C'était un cran au-dessus de la condescendance. Celle que l'on réserve aux femmes qui tiennent. Aux femmes qui échappent. Aux femmes qui ne cèdent pas.

« Je vais mettre une balle dans mon fusil de chasse. » (Henri Emmanuelli) « C'est une bulle médiatique qui va crever. » (Jean Glavany) « Plus on est de fous plus on rit. » (Jean-Marc Ayrault) « Avec le débat réel on va sortir de cette bulle. » (Pierre Moscovici) « Elle est allée en Amérique latine soutenir Michelle Bachelet. Elle n'y connaît rien, c'est lamentable de leur apporter cette merde. » (Jean-Luc Mélenchon) « Ségolène, c'est une marque de lessive. Je n'ai pas fait tout ça pour servir un prince consort. » (Stéphane Le Foll) « Pourquoi pas une présidence tournante ? » (Laurent Fabius). Et bien d'autres vilénies…

Certains commentateurs aussi s'en donnaient à cœur joie :

« La ministre du string et du puritanisme. » « Si elle est élue, il nous faudra tous la pilule du lendemain. » *Libération* « La tentation du maternage et de l'infantilisation. » *Le Figaro* « Candidate du dépit démocratique. » *Le Monde* « Une espèce de démagogie éclairée. » *Le Nouvel Obs*

Tous ces hommes parlaient de moi. Mais en réalité, ils parlaient d'eux. De leur incapacité à reconnaître la puissance d'une parole différente. Peut-être de leur peur de voir la tendresse s'intégrer dans un programme politique.

Et dans ce silence, quelques hommes se sont levés. Leur voix était calme. Sûre. Robert Badinter qui a pris prodigieusement la parole pour moi au meeting de Nantes, auquel assistait Jacques Delors. La lettre ouverte magnifique de Jean-Marcel Jeanneney : « je suis un très vieux monsieur, Ministre du Général de Gaulle à trois reprises… Sans vouloir vous écraser sous une telle référence, j'ai le goût de vous dire que je constate d'assez nombreuses analogies entre ses idées et les vôtres, comme le volontarisme politique et l'attachement à la nation… et la prise en compte des aspirations populaires sans soumission systématique à l'opinion ». Et Jean-Louis Bianco et Jean-Pierre Chevènement qui répondaient au cercle des éléphants :

« Arrêtez les gars. On l'observe depuis quelques années. Vous voulez la bouffer... Mais vous n'aurez même pas sa peau. »

Je n'ai jamais oublié ces scènes de violence verbale sexiste.

Elles m'ont forgée pour comprendre celles et ceux que la République laisse seuls face aux violences.

D'ailleurs lorsque dans l'immense meeting de Villepinte, j'ai assuré : « Je veux pour tous les enfants de France ce que j'ai voulu pour les miens », ils ont ricané. Mais moi, je portais sincèrement cette promesse. « Chevillée au corps ». Aujourd'hui encore.

Car ce qu'ils ignoraient, c'est que mes enfants dont ils parlaient étaient ma force. Je ne faisais pas de politique malgré eux. Je la faisais pour eux. Et, à travers eux, pour toutes les générations à venir.

Ils étaient là mes quatre trésors. Présents sans jamais douter et sans jamais me reprocher le temps maternel que je leur prenais. Veilleurs fiers et bienveillants.

Ils m'ont protégée par leur confiance. Par leurs regards pleins de tendresse et de gravité.

Par leur maturité précoce. Leur inquiétude contenue.

Ce sont eux qui m'ont tenue debout, sans le savoir, dans les tempêtes, quand ceux qui auraient dû me soutenir s'évertuaient à me fragiliser, à me dénigrer, à m'abandonner.

Car quand on est femme, et mère, le soupçon devient poison. « Est-elle capable ? » « Ne va-t-elle pas flancher ? » Et encore et toujours : « Mais qui va garder les enfants ? »

La vérité, c'est que ce monde politique masculin, si prompt à juger, a souvent moins de courage que tant de mères seules. Je les ai vus. Certains d'entre eux cèdent à la première difficulté ou trahissent pour une fonction, s'effondrent pour une image. Et ce sont les femmes qu'on accuse d'être instables.

J'ai tenu bon. Non parce que j'étais plus forte qu'une autre, mais parce que je n'avais pas le droit de tomber.

Pour celles et ceux qui voyaient en cette campagne un espoir.

Ils furent 17 millions. Je n'étais pas seule comme ils disaient.

Et pour prouver que justement, on pouvait réussir ses enfants et tenter un défi au plus haut niveau. Merveilleusement le premier, échoué de peu au second. Et encore ! Depuis on a appris que l'abominable tricherie avait été de la partie...

Humiliation, trahison, tentative d'effacement. Mais pourquoi toujours relevée ?

Parce qu'une mère qui se relève ne se relève jamais seulement pour elle. Elle se relève pour les autres. Il faut comprendre l'énergie de la transmission : transformer la douleur en force. Faire de ce qu'on a subi un levier. Et de ce qu'on a traversé, une utilité pour les autres, ceux qui ont plus de difficultés à se relever après une épreuve.

Je n'ai jamais perdu cette énergie vitale.

Et je n'ai jamais renoncé à ce qui me définit profondément : accomplir un devoir de transmission quand tant d'autres pensent : après nous le déluge. Accomplir un devoir de soutien des sans-voix, quand tant d'autres ressassent : qu'est-ce que ça va me rapporter, feignons de n'avoir rien vu et rien entendu, détournons la tête et passons notre chemin. J'en ai vu tellement de ces petites et grandes lâchetés, notamment dans les abandons des enfants victimes de prédateurs sexuels, des indifférences face aux ouvriers en détresse, victimes des délocalisations, aux paysans écrasés par la puissance de la grande distribution et de l'industrie alimentaire, des dossiers de pollution cachés parce que ça dérange, comme celui des boues rouges en Méditerranée...

Dans la violence du monde politique, dans le tumulte des attaques, dans la solitude des trahisons, j'ai veillé à ce que mes enfants ne soient jamais atteints.

Je me taisais sur les vilenies subies pour les préserver. Je souriais pour les rassurer. Je gardais la tête haute pour qu'ils puissent continuer à être fiers.

Et dans leurs yeux, cette fierté, je l'ai lue. C'est elle qui me protégeait. Je les élevais. Et eux m'élevaient si fort en retour.

Dans les moments les plus difficiles, ils m'ont offert la paix.

Pas par des discours. Mais par leur simple présence. Par leur manière d'aimer sans condition. Par leur manière de croire, même quand moi je devais reprendre mon souffle.

Ils savaient. Et cela suffisait. Et moi, je savais que je n'avais pas le droit de douter. Quand on est mère, on apprend à se battre sans bruit. À faire de la douceur un rempart. À choisir la ténacité même quand tout est dur. Surtout quand la campagne électorale est si belle.

C'est ce que j'ai fait.

La politique, pour moi, n'a jamais été une ambition froide.

Elle est une forme d'amour en extension. L'amour qu'on porte à ses enfants est prolongé dans l'action publique. Pour les autres, tous ceux qui dépendent des décisions qui seront prises. Pour l'avenir. Je me suis toujours dit ceci : « Ce que j'ai vécu, je le transforme. Ce que j'ai subi, je le rends utile. Et ce que j'ai surmonté, je le rends possible pour d'autres. »

J'ai appris dans ma chair ce que veut dire tenir bon quand tout vacille. J'ai appris à absorber les coups sans les transmettre. À encaisser sans m'effondrer. À porter sans accabler.

Quand on est mère, on sait ce que veut dire veiller tard, se lever tôt, penser à tout, sans s'effacer. Une sorte de polyvalence des compétences et la capacité à faire et à penser plusieurs choses à la fois.

On sait ce que veut dire aimer sans relâche, sans rien attendre en retour de plus que le trésor d'un regard de tendresse, même quand on doute.

L'action politique, qui a perdu sa légitimité, met les peuples en colère, répand le doute et cause le déclin, entre dans des surenchères dangereuses et immatures de virilisme toxique, a beaucoup à apprendre de l'amour maternel, désintéressé et vigilant.

Mais qui va garder les enfants ? Présider, c'est aimer

Et si le temps était venu de penser autrement l'époque ? D'écouter enfin ce que le féminin, au-delà des genres, a à dire au monde. Non pas pour essentialiser, mais pour réparer. Non pas pour opposer, mais pour équilibrer. Non pas pour affaiblir, mais pour relever. Le temps du maternel pour lutter contre les peurs, les violences, les doutes. Surtout ceux des jeunes générations auxquelles nous devons tout pour qu'elles grandissent en donnant le meilleur d'elles-mêmes à leur pays. Et qu'elles aient envie d'avoir des enfants à leur tour.

Ce n'est pas une affaire de femme ou d'homme. C'est une affaire de regard. De priorités. De méthode. De savoir-faire. De capacité à écouter pour s'adapter. Présider les autres, gouverner les autres, agir pour les autres, c'est aimer. Trop de politiques s'aiment eux-mêmes, avec ce poison de l'ego, au lieu d'aimer les autres, ce pour quoi ils ont été élus.

Et pourtant, depuis des siècles, le maternel est disqualifié. Relégué au silence. Comme si l'amour affaiblissait. Comme si la tendresse était un danger. Comme si la douceur n'avait pas sa place dans les affaires du monde.

Ce n'est pas vrai. C'est même l'inverse. C'est lorsque le pouvoir se vide d'empathie qu'il devient brutal. C'est lorsque le lien est rompu que l'ordre se transforme en oppression. Et que surgisssent la violence, le chaos et le déclin.

Il est temps d'assumer pleinement cette part maternelle du pouvoir. Cette force qui ne détruit pas mais protège. Qui ne domine pas mais élève. Trop longtemps étouffée par les logiques de conquête, elle est pourtant celle qui permet de réparer un enfant, un peuple, un territoire.

À l'inverse, le virilisme toxique – celui qui a confisqué le pouvoir au nom de la force – repose sur une logique de prédation. Il confond l'intérêt personnel avec l'intérêt général. Il déchaîne la guerre faute de vision. Il s'accroche à l'autorité comme un enfant capricieux à son jouet, parce qu'il n'a jamais appris à transformer la colère en langage, la frustration en projet.

La force maternelle est politique au bon sens du terme. Elle sait poser des limites. Elle sait dire non. Mais elle sait aussi réparer, écouter, faire confiance. Elle ne cherche pas à plaire. Elle cherche à tenir bon.

Un pays se défait quand sa jeunesse doute de son avenir. Et aujourd'hui, notre jeunesse vacille : anxiété climatique, solitude affective, violences sociales, guerre en héritage, crise du sens de l'histoire à écrire. Il faut entendre cela. Regarder en face ce qu'ils ressentent, ce qu'ils espèrent encore, ce qu'ils craignent.

C'est pourquoi la responsabilité première de celles et ceux qui exercent un pouvoir, quel qu'il soit, en politique, dans l'école, l'entreprise, les familles, est de redevenir des gardiens de l'optimisme, des soutiens de l'effort, du travail, des bons comportements, de l'honnêteté, du respect des autres, de la confiance en soi. Oui, il s'agit bien de « garder les enfants » au sens de leur donner le meilleur et de les protéger du pire.

Mais pas seulement au sens physique ou éducatif. Il s'agit de leur garder un avenir, un monde habitable, des raisons d'espérer, de créer, d'aimer, pour à leur tour, transmettre la vie.

Garder les enfants, c'est garder ce qu'il y a de plus précieux : le souffle du vivant.

C'est cela, le vrai pouvoir, le cœur d'un projet politique quand tout bascule dans un mouvement de déclin inacceptable.

Mais qui va garder les enfants ? Le retournement du stigmate

Longtemps, garder les enfants a été vu comme une tâche mineure, secondaire, une affaire de femmes sans ambition, un « petit boulot » invisible et mal payé. Comme si s'occuper des plus vulnérables était une activité de seconde zone. Comme si l'attention donnée à un enfant valait moins que le chiffre d'affaires d'un trader. Le soin, l'affection, la patience, la transmission, la protection – ces vertus maternelles – ont été reléguées au rang de stigmates dans une société qui valorise la vitesse, la compétition et la rentabilité, l'agressivité, le chacun pour soi, le rapport de force.

Mais ce que certains pointent comme une faiblesse peut devenir notre plus grande force. Le retournement du stigmate, c'est ce moment où ce que l'on méprisait devient un étendard de fierté, de combat, de dignité. Ce moment où ce qui était étiqueté comme infériorité devient source de puissance.

« Garder les enfants » ? Ce n'est pas un repli. C'est une responsabilité immense, un acte politique, une promesse d'avenir. Ce n'est pas l'affaire des femmes « qui n'auraient pas réussi ailleurs » : c'est l'affaire de toute une société. Et si nous savons retourner le stigmate, alors nous pourrons dire haut et fort : bien « garder les enfants », c'est réussir une utopie réalisable. Redresser la France et apaiser le monde.

Car « garder un enfant » c'est bien plus que s'occuper d'un être fragile : c'est garder la mémoire, l'amour, la paix à venir. Tenir dans ses bras le fil de la transmission humaine.

Retourner le stigmate, c'est redonner de la noblesse à ce qui fut dévalorisé. C'est refuser que l'essentiel soit marginalisé. Retourner le stigmate, c'est dire que garder les enfants n'est pas une charge, mais une chance. Ce n'est pas une faiblesse, c'est une force. Ce n'est pas un repli, c'est une avancée. Ce n'est pas un oubli, c'est une mémoire. C'est même, osons le dire, l'avant-garde de toute civilisation.

Oui, absolument. Le retournement du stigmate est une dynamique historique, sociale et symbolique puissante, souvent portée par des combats collectifs et des prises de conscience individuelles. C'est un processus par lequel ce qui était perçu comme honteux, inférieur ou marginal est revendiqué comme source de dignité, de fierté, voire de puissance.

Je ne suis pas la première à retourner un stigmate. Plus modestement bien sûr que ne le fit Rosa Parks. J'aurais pu prendre d'autres exemples. Mais celui-ci a marqué mon adolescence.

Rosa Parks : ce que je lui dois

Je sais qui m'a mise en contact de l'histoire de Rosa Parks en classe de troisième. C'est ma professeur de français du collège rural de Charmes dans les Vosges. Rosa n'a jamais quitté ma mémoire. Ce récit m'avait éblouie. Je ne l'ai pas quitté, ma mémoire de collégienne y est restée accrochée comme à un idéal.

Elle reste assise. Et fait de ce geste de courage tellement ténu le symbole tellement fort de tout un peuple.

Au fond, le retournement du stigmate, c'est toujours un acte de conscience. C'est ce moment où l'on ne nie plus ce que l'on est, où l'on cesse de vouloir ressembler aux dominants. C'est le moment où l'on revendique ce qu'on voulait nous faire cacher.

Par ce livre, c'est transformer une tâche dite subalterne – « mais qui va garder les enfants » – en mission prioritaire : tenir l'avenir entre ses bras. Il est temps de retourner ce stigmate, de lui rendre sa valeur sociale, affective, politique.

Mais qui va garder les enfants ? La dette générationnelle

Il est temps de regarder en face la peur du déclin qui angoisse les jeunes générations et de la comprendre afin d'agir pour la stopper et remonter la pente. D'où vient-elle ?

Ceux qui nous gouvernent ont dépossédé la génération qui vient, qui se sent, le mot n'est pas trop fort, véritablement rackettée : climat déréglé, services publics creusés comme des carrières à ciel ouvert, promesse scolaire en déclin, dettes reportées, patrimoine naturel bradé, hôpitaux mutilés, projets industriels en panne, agriculture saine sacrifiée, crise démocratique…

À chaque recul du modèle social, à chaque renoncement écologique, à chaque négligence économique, à chaque désinvolture démocratique, c'est un morceau d'enfance qui passe à la caisse. Et l'addition s'allonge.

Pourtant, la jeunesse n'a rien contracté. Elle n'a signé ni traité de libre-échange qui détruit les agriculteurs de proximité et qui affaiblit notre indépendance énergétique, ni paquet budgétaire qui comprime les hôpitaux, ni décret qui étrangle le système scolaire. Elle hérite d'un passif qu'elle n'a pas voulu et dont elle paiera, avec intérêts, la note maximale : anxiété climatique, précarité résidentielle, solitude numérique, horizons professionnels étriqués du fait des délocalisations mondialisées mais aussi au sein même de l'Europe, là où des idéologies concurrentielles et libérales exigées par le secteur financier perdurent malgré les dégâts engendrés.

Nous le savions, mais ils ont continué. Nous savions que la Terre se réchauffait ; et ils ont retardé la sortie des énergies fossiles. Nous savions que les polluants éternels s'incrustaient dans le sang des nouveau-nés ; et ils ont rétabli les interdictions et prolongé les dérogations. Nous savions que la ségrégation scolaire fracturait la République ; et ils ont réduit la voilure de l'éducation prioritaire. Nous savions que l'accès à la santé était un patrimoine précieux ; et ils ont laissé les soignants mourir pendant le Covid parce qu'ils avaient rationné les personnels hospitaliers, en faisant croire qu'il ne s'agissait que de fermetures de lits alors qu'il s'agissait de suppression de tous les personnels utiles lorsqu'un malade est dans un lit.

Oui, ils ont dépossédé pour ne pas dire rackетté les nouvelles générations.

Ce livre part d'une conviction : toute dette peut se rembourser dès lors qu'on la reconnaît. Et rembourser la dette, rendre aux enfants tenaillés par l'anxiété leur droit à l'insouciance n'est pas une faveur ; c'est une restitution. Il ne s'agit pas de les assister, mais de leur rendre l'intégralité de ce que le pacte républicain français avait construit et qui leur a été pris ou est en voie de l'être : un monde habitable, une école émancipatrice, des services protecteurs, une Terre intacte et même réparée, un désir de mettre au monde des enfants, un niveau de vie et de savoirs en progrès par rapport à la génération précédente, une motivation au travail et à l'effort et une aptitude au bonheur.

Et en plus, si tout cela était fait, la dette budgétaire s'en trouverait allégée. J'y reviendrai. À ce stade, juste un mot : si rien n'est fait contre les pollutions, les budgets santé seront lourdement impactés; si rien n'est fait pour le climat, le dérèglement climatique coûtera bien plus que tous les déficits budgétaires réunis. La Banque centrale européenne a d'ailleurs tiré la sonnette d'alarme, notant que le coût de l'inaction climatique atteindrait 5 % du PIB de la zone euro d'ici 2030… alors que les pays qui investissent dans la transition énergétique engrangeront des gains de prospérité. Alors comment tolérer une telle inertie, et même plus grave, un tel acharnement à détruire ce qui marchait bien, mis en place avec énergie dans la foulée de l'accord de Paris à la COP21 pour faire de la France un pays exemplaire, comme je l'avais voulu avec les équipes, en présidant cette stratégie et en portant l'ambition du ministère de l'Environnement, de l'Énergie et de la Mer. Les successeurs ont beaucoup cassé, au lieu d'apporter leur pierre à l'édifice.

Chaque génération reçoit en héritage des talents. Elle a le devoir de les faire grandir, de les féconder par son travail, son intelligence, sa créativité, pour les transmettre à son tour.

Transmettre moins que ce que l'on a reçu, c'est briser la chaîne humaine. Transmettre davantage, c'est l'honorer et l'accomplir.

C'est même un devoir. C'est pourquoi « bien garder les enfants » au sens large, c'est rembourser les dettes à la génération spoliée, celle des jeunes qui entrent dans l'âge adulte et celle des adolescents. Afin qu'ils réussissent à leur tour la transmission d'un patrimoine augmenté.

Il nous faut aussi transmettre un monde pacifié. La paix n'est pas un supplément d'âme; elle est la condition première d'un avenir respirable. Les jeunes n'ont pas à renoncer à l'idéal de désarmement sur lequel la communauté internationale s'était engagée, ni à reléguer la non-prolifération nucléaire au rang des utopies : ils sont en droit d'exiger que la guerre cesse d'être leur horizon probable et un harcèlement moral quotidien. Rembourser notre dette, c'est aussi désarmer les esprits, justifier rigoureusement les budgets de destruction, investir dans la diplomatie, la culture, le climat et la fraternité. Une génération qui grandit sous l'ombre des conflits mérite la promesse tangible d'un monde sans bombes ni menaces nucléaires. Sinon toute leçon de morale d'adulte devient non crédible donc non respectable : vous nous demandez d'être moins agressifs, mais vous ? Que faites-vous comme efforts de paix ?

Les jeunes générations sont créancières et non débitrices. Elles attendent la vérité des comptes, pas l'aumône.

Cette dette générationnelle est écologique, sociale, affective, matérielle aussi : trouver les voies et moyens de la résorber, j'appelle cela l'ordre générationnel juste.

Partie I

Naître et grandir

Chapitre 1

Comment leur rendre le désir d'avoir des enfants ?

Maternité et pouvoir n'ont jamais fait bon ménage. J'en ai fait l'expérience.

C'est une autre question, à peine murmurée, mais qui claque encore dans ma mémoire :

« Elle ne sait pas que la contraception existe ? »

Ils ricanent. Ils parlent de moi. Deux ministres. Deux hommes. L'un s'esclaffe, le ventre en avant, l'autre regarde le mien.

Enceinte de mon troisième enfant, je n'étais pourtant pas une novice. Ils le savaient puisqu'à cet instant nous étions dans la salle qui jouxte celle du conseil des ministres où attendaient tous les ministres avant que ne commence le prochain conseil. Je n'étais pas ministre, certes, je travaillais alors comme conseillère à l'Élysée, donc pour leur faciliter la tâche... Mais dans leur regard, il n'y avait que mépris : l'inconcevable qu'une femme, censée être en pleine ascension professionnelle, choisisse encore la maternité.

Cette scène m'a marquée, non pour ce qu'elle dit de moi, mais pour ce qu'elle dit d'eux. Ce monde-là, peuplé d'hommes, parfois frileux à toute altérité, et souvent crispés face à ce qu'une femme peut incarner de puissance vitale.

À la naissance je reçus une jolie lettre de François Mitterrand comme il le faisait pour chaque naissance de son entourage, accompagnée d'une timbale frappée du chêne et de l'olivier.

Un peu plus tard, lorsque je fus nommée ministre de l'Environnement, j'étais enceinte de mon quatrième enfant. Ça ne se voyait pas encore, je n'ai rien dit à ce moment. Pas par culpabilité. Mais parce que je savais d'instinct que si j'avais parlé, cette nomination n'aurait pas eu lieu. Comme si on avait le cerveau rabougri au fur et à mesure que le bébé grandit en son sein.

Vint un autre épisode, quelques années plus tard. J'étais ministre de l'Enseignement scolaire. Lors du remaniement j'acceptais avec joie d'être ministre de la Justice. Pour mes compétences de juriste, de magistrate au tribunal administratif de Paris. À la place (à la suite des manœuvres bien connues lors des remaniements ministériels), on me proposa le ministère de… la Famille et de l'Enfance… Je n'avais pas été choisie pour mes compétences, mais pour mon utérus. En effet, le Premier ministre me dit au téléphone :

« Toi, avec tes quatre enfants, tu sauras faire. À gauche on ne sait pas quoi dire sur la famille. Ah au fait on a oublié les handicapés. Donc tu prends aussi. »

Un homme aurait refusé, c'est sûr. Mais au fond de moi, je me suis promis que cette désinvolture ne m'atteindrait pas. J'ai toujours pensé, quel que soit le domaine de responsabilité, qu'il y a des montagnes à bouger et des avenirs positifs à encourager. Et comme à chaque fois, je me suis attelée à la tâche pour donner le meilleur et mobiliser autour de ce meilleur.

J'ai ardemment soutenu et mis en action des politiques familiales et pour le handicap : la loi sur l'autorité parentale avec la garde alternée et la médiation familiale, la création de la semaine des parents à l'école, l'éducation à la parentalité, la création du congé de paternité, la création du congé de présence parentale en cas de maladie grave d'un enfant, la distribution d'un livret de bonne parentalité, l'incrimination pénale du recours à la prostitution d'un mineur, l'incrimination de la détention de documents pédopornographiques, l'ouverture de lits en pédopsychiatrie, la lutte contre les violences en institution avec création d'un centre d'écoute, l'accès aux origines des enfants nés sous X, et le plan Handiscol', le premier pour l'accueil des enfants handicapés à l'école, la création d'un événement « réussite et handicap »... pour ne citer que quelques exemples... et l'encouragement à la natalité, qui à ce moment-là était de plus de 2 enfants par femme.

Je viens d'une famille nombreuse, quatrième d'une famille de huit enfants. J'ai souvent plaisanté avec ceux qui s'inquiétaient pour moi : je n'ai fait que la moitié du modèle, avec quatre enfants. Et jamais je ne me suis demandé si c'était « raisonnable ». Parce qu'au fond, la vie ne se calcule pas. Ce qui reste, une fois estompées les charges, dissipées les fatigues, apaisées les angoisses, c'est le bonheur.

C'est heureux, contrairement à la génération de nos mères, la vie, aujourd'hui, n'est plus le fruit du hasard. Sous nos latitudes, c'est un choix. Un choix qui engage, un choix qui suppose un acte de confiance dans l'avenir. Or ce choix recule. Les statistiques sont implacables :

moins d'enfants naissent, les jeunes générations hésitent, repoussent, renoncent.

Et ce recul n'est pas anodin. Il dit quelque chose de triste, et même de grave, sur notre époque. Une société qui n'attire plus ses enfants à venir est une société qui doute d'elle-même. Une société où l'élan vital recule est une société où l'avenir inquiète plus qu'il ne séduit. Une société qui ne donne plus envie d'accueillir la vie est une société en perte de confiance.

Voilà pourquoi il faut regarder cette question en face. La natalité n'est pas un chiffre abstrait. Elle est le révélateur le plus intime de notre rapport au futur. Elle dit si nous croyons encore au bonheur possible, ou si nous cédons à la peur, au renoncement, à la résignation.

Les questions de démographie et les travaux de recherche avec les scientifiques de l'Ined sur ces sujets m'ont toujours intéressée. Lorsque je travaillais sur ces questions de démographie, dans le cadre de mes attributions sur la santé, sur la jeunesse et sur les faits de société à l'Élysée, je le disais déjà : la dynamique des naissances est un signe de confiance dans l'avenir. Elle mesure l'espérance des jeunes, leur sentiment de sécurité, de projection, d'appartenance. Elle dit si une société croit encore en elle-même.

Je me souviens parfaitement que dès qu'il y avait recul, une réunion avait lieu dans le bureau présidentiel pour regarder les raisons et les façons d'agir. Déjà on rétablissait les décisions bureaucratiques de fermeture des petites maternités. J'y veillais. J'organisais la remise des médailles de la famille que le président remettait tous les ans à l'Élysée. Un vestige, car cette cérémonie touchante a disparu. Jacques Chirac l'avait continuée pendant la cohabitation et m'avait demandé de l'accompagner.

Le triste recul des naissances : un basculement silencieux

Nous sommes passés d'un combat pour le droit à ne pas enfanter – légitime et gagné – à une inquiétude nouvelle : comment savoir si l'on pourra, ou si l'on doit encore, enfanter.

Pour la première fois depuis l'après-guerre, la France compte davantage de décès que de naissances en ce milieu d'année 2025. Ce basculement démographique n'est pas qu'une statistique : c'est un signal d'alarme, un cri silencieux qui traverse notre société fatiguée. Derrière ces chiffres, il y a la solitude des jeunes couples, l'angoisse de l'avenir, la précarité des familles, l'absence de perspectives, le recul de l'espérance. Ce n'est pas le désir d'enfant qui disparaît, c'est la capacité de le réaliser dans un monde devenu trop dur, trop incertain, trop violent. Que faisons-nous pour que les jeunes générations puissent à nouveau croire en la vie ? Il faut réparer ce lien rompu entre l'intime et le collectif, recréer les conditions d'une confiance durable dans l'avenir, redonner aux enfants à naître la place qu'ils méritent dans notre projet de société. Car une nation qui n'ouvre plus les bras à ses enfants se ferme à l'avenir.

Le basculement est silencieux. Mais il est vertigineux.

La France est désormais en moyenne à 1,62 enfant par femme. Le même niveau qu'en… 1924. Comme si tous les progrès sociétaux et médicaux depuis cette date s'étaient brutalement effacés !

Depuis la Libération, notre pays s'était juré de ne plus jamais laisser le destin l'emporter sur la dignité humaine. La Sécurité sociale naissait avec le Conseil national de la Résistance, les allocations familiales faisaient mentir la misère d'hier, et chaque école qui ouvrait sa porte proclamait qu'aucun enfant, quelle que fût son origine, ne serait laissé de côté. De 1946 à la fin des Trente Glorieuses, la France incarnait cette confiance féconde : on construisait des logements, on soignait, on instruisait, on croyait au progrès. Or voici que le solde naturel s'étiole : 663 000 naissances en 2024 pour 646 000 décès, un écart de vingt petits milliers d'âmes, le plus faible depuis 1945. Et cette année 2025, l'écart s'est inversé pour devenir négatif.

Cette inversion n'est pas qu'un chiffre; c'est la fissure d'un contrat social patiemment bâti depuis la Reconstruction. Lorsque la jeunesse hésite à donner la vie, c'est que les assurances collectives patinent : loyers qui engloutissent les salaires, services publics en asphyxie, climat qui chancelle, égalité femmes-hommes encore bancale, maternités fermées, solitude des pères et des mères qui s'étire. Tout se passe comme si l'architecture humaniste édifiée depuis 1945 s'effondrait, et avec elle la promesse d'un avenir à la hauteur des sacrifices d'hier.

Laisser s'effondrer la natalité, c'est accepter que s'éteigne l'élan même qui fit de la Libération une renaissance. Redonner envie d'enfant, c'est renouer le fil de notre « résilience française », comme je l'ai déjà analysée (*Résilience française,* L'Observatoire), celle qui transforme l'épreuve en progrès et la peur en espérance.

La baisse de la natalité n'est pas qu'un simple repli démographique : elle est un symptôme. Elle révèle, avec une lucidité cruelle, le relâchement progressif de ce qui faisait la force silencieuse de la France : une exception sociale, patiemment construite, où l'on avait su concilier, mieux qu'ailleurs en Europe, la liberté des femmes, leur activité professionnelle au plus haut et la vitalité des familles avec le taux de natalité le plus élevé d'Europe.

Pendant des décennies, la France s'était hissée en tête des classements européens non pas parce qu'elle imposait, mais parce qu'elle permettait. Elle permettait aux femmes de travailler sans renoncer à leur désir d'enfant. Elle permettait aux jeunes parents de trouver une place en crèche, un congé digne, une école maternelle exceptionnelle et gratuite, un accès à la santé garanti notamment à la naissance et un congé de maternité protégé. Elle permettait d'aimer et d'accueillir sans avoir à choisir entre son autonomie et son engagement familial. Cette capacité de conciliation pour les femmes, ce pacte invisible entre l'égalité et la fécondité, faisait notre fierté collective.

Or ce pacte se délite. Quand la natalité chute, c'est qu'il n'y a plus d'espace pour espérer. C'est que les femmes n'en peuvent plus d'arbitrer entre leur carrière et leur maternité dans une société qui continue de leur déléguer la charge mentale, les inégalités salariales et de carrière, les retraites de misère et la violence sexiste. C'est que les jeunes hommes aussi doutent de leur capacité à protéger, à loger, à construire un avenir stable. C'est que les modes de garde deviennent des parcours d'obstacles, les services publics une incertitude, les temps de repos des illusions quand le pouvoir d'achat se racornit. Et tout cela, insidieusement, fait peser sur les individus une responsabilité que la nation n'assume plus : celle d'assurer seuls la continuité de la vie. De projet collectif soutenu et valorisé, mettre au monde un enfant est renvoyé vers la sphère privée. Privatisé comme le reste, n'échappant pas à cette insidieuse idéologie au pouvoir, d'affaiblissement des institutions.

Nous ne pouvons pas rester spectateurs de ce recul. La natalité n'est pas qu'un indicateur : elle est la boussole morale d'un pays. Lorsqu'elle décline, c'est que quelque chose de plus profond s'effondre, la capacité d'un peuple à croire en lui-même. Reconstruire cette exception française, ce modèle où l'égalité et la fécondité marchaient ensemble, ce n'est pas revenir en arrière, c'est reprendre le fil interrompu de notre promesse fraternelle : faire en sorte que chaque enfant désiré puisse naître dans un monde qui l'attend et le protège et fait tout pour le rendre heureux.

Le « réarmement démographique », sûrement pas

Quelle violence dans cette expression ! Quelle brutalité dans ces mots forgés pour les batailles et les canons, pas pour les berceaux. Quelle absence de compréhension sensible de ce qu'est vraiment le désir d'enfant. Les hommes politiques ou commentateurs parlent très mal de la natalité. Il vaut mieux qu'ils s'en abstiennent. Ils nous donnent envie de fuir, de couper le son. D'ailleurs si les hommes politiques pouvaient s'abstenir de parler de ce sujet et de donner leurs conseils, ça serait mieux pour la natalité…

On ne fait pas d'enfants sur sommation.

On ne reconstruit pas une société en culpabilisant celles qui portent la vie. On n'engendre pas un avenir par la menace, mais par le goût du bonheur.

La vérité, c'est que les femmes ne veulent plus être des ventres instrumentalisés par l'État. Elles veulent être libres. Libres d'enfanter, ou non. Mais surtout, libres de le faire dans un pays qui les respecte, les soutient, les accompagne.

La politique familiale française fut jadis un modèle, je l'ai dit. Elle conciliait natalité forte et émancipation féminine. C'était une réussite. Et comme souvent en France, ce qui fonctionne finit démantelé par idéologie ou par négligence.

J'ai combattu la suppression de l'universalité des prestations familiales. C'était un contresens. Mais les coups les plus durs sont ceux portés contre le filet de sécurité des services publics, contre l'école (quand la réussite scolaire devient aléatoire, alors mieux vaut moins d'enfants pour y consacrer le plus de temps possible), contre l'accès au logement, contre le pouvoir d'achat des familles.

Car la politique familiale n'est pas une affaire de coût. C'est une affaire de destin national qui dit quelque chose du bonheur du peuple et de la liberté des femmes.

Il nous faut tout revoir. Tout repenser. Avec courage. Avec bienveillance. Avec grandeur.

Il faut au minimum : rendre la parentalité possible et belle. Soutenir les familles. Agir contre l'infertilité, qui touche un couple sur quatre. Lutter contre les perturbateurs endocriniens. Faire de la natalité une chance.

Parce qu'un enfant n'est pas une statistique. C'est une promesse. Une naissance n'est pas un chiffre. C'est un commencement.

Alors, oui, nous devons bâtir une politique de la naissance fondée non sur la peur ou la force, mais sur la confiance. La joie d'accueillir la vie. Sur le droit fondamental de donner naissance à l'avenir.

L'enjeu n'est pas de produire des enfants. L'enjeu est de faire en sorte que toutes celles et ceux qui désirent transmettre la vie puissent le faire.

Réarmer ? Non

Il fut un temps où les grandes décisions politiques s'annonçaient avec des mots simples : solidarité, progrès, espoir. Aujourd'hui, tout se dit avec les armes.

On « réarme l'école ». On « réarme l'hôpital ». On parle de « réarmement économique », « réarmement républicain », et désormais, de « réarmement démographique ».

Comme si les bébés naissaient sous l'uniforme.

Comme si le désir d'enfant se réveillait au son du tambour.

Mais la natalité n'est pas un front. C'est une source. Elle ne se conquiert pas. Elle se mérite.

Elle ne s'ordonne pas. Elle se cultive.

Le désir d'enfant n'obéit pas à la logique militaire

Il est fragile, intime, mystérieux. Il surgit d'un sentiment de sécurité, d'une promesse d'avenir, d'un espoir tranquille. Il ne s'impose pas. Il s'accueille.

C'est pourquoi le vocabulaire martial est insupportable.

Il est hérité des vieilles idéologies autoritaires, nationalistes, expansionnistes. Quand on voulait des enfants pour faire des soldats. Quand la fécondité servait la nation, et non les familles.

On pensait rassurer. On inquiète.

On voulait mobiliser. On rigidifie.

On voulait reconstruire. On effraie.

La bonne politique nataliste ne se fait ni à coups de primes ponctuelles, ni à coups de mots martiaux : elle se construit dans la durée et la stabilité.

Donner la vie c'est aussi une culture. Une philosophie. Un imaginaire

C'est retrouver une parole publique qui célèbre la vie, le droit à vivre. Au lieu de répéter que « le droit à mourir » serait un progrès alors qu'il transmet le désespoir (dans une confusion idéologique avec la légitime aspiration d'humaniser la fin de vie), à une époque où il n'y a jamais eu autant de suicides et de mutilations chez les jeunes et en particulier les filles. J'y reviendrai.

C'est porter haut ce que Hannah Arendt appelait si justement la « capacité de commencement ». C'est dire que chaque naissance est une révolution. Que chaque enfant est une surprise. La naissance est l'acte politique par excellence, écrivait-elle audacieusement, car elle est la nouveauté dans le monde. C'est là aussi ma conviction la plus intime : chaque enfant est une chance donnée à l'humanité de se réinventer.

Que l'imprévisible n'est pas une menace, mais une chance.

Une nation ne « s'arme » pas de bébés ; elle s'équipe de politiques d'amour, de temps, de sécurité affective et de sécurité matérielle. Abandonner la rhétorique du *réarmement* au profit d'un souffle de vitalité, c'est cesser de brandir les corps des femmes comme un levier de puissance et choisir d'investir, enfin, dans la confiance des jeunes générations.

Mais pourquoi les jeunes ont-ils moins d'enfants ?

La baisse de la natalité est bien plus qu'un fait statistique : elle est une secousse profonde dans les fondations de notre société. Une société qui ne fait plus naître n'est pas une société apaisée. Elle doute d'elle-même. Elle doute de l'avenir. Elle doute de ses promesses. Elle doute de ses institutions.

Ce n'est pas l'envie d'enfant qui disparaît, c'est la possibilité de le désirer sereinement. Il est là, le basculement. Nous sommes passés d'un temps où il fallait se battre pour ne pas subir une maternité imposée, à un temps où il faut lutter pour espérer mettre au monde un ou plusieurs enfants désirés.

La crise du futur : angoisse et désenchantement

Jamais une génération n'a été aussi lucide sur les menaces qui pèsent sur son avenir. L'éco-anxiété n'est pas une lubie : c'est une réponse rationnelle à un monde en dérèglement. En France, près d'un tiers des 18-30 ans déclarent avoir renoncé à avoir des enfants à cause de la crise climatique. Chez les femmes, cette proportion grimpe à 42 %.

Et ce n'est pas tout : les guerres aux portes de l'Europe, les attentats, l'insécurité géopolitique, les catastrophes naturelles, les migrations de la misère, tout cela alimente un sentiment de chaos. Comment transmettre la vie dans un monde qui se défait ?

Faire un enfant, c'est croire encore en l'avenir. Ce n'est pas le faire disparaître que de le différer. C'est l'expression d'un doute qui, faute d'être entendu, devient renoncement.

Pourquoi ?

Il paraît qu'une commission d'enquête vient d'être mise en place. Sans doute pour dissimuler l'inertie gouvernementale et présidentielle. Car les causes sont connues :

L'insécurité matérielle et sociale

Les jeunes vivent une précarité sans précédent. Comment fonder une famille quand on n'a pas de logement stable, quand les loyers sont inaccessibles, quand le crédit est hors de portée ? Comment projeter une grossesse quand on n'a pas accès à une crèche, ou qu'il faut craindre de la maltraitance, qu'on a peur pour son emploi, ou que la maternité rime avec rétrogradation professionnelle ?

Aujourd'hui, être parent est perçu comme un risque. Ce devrait être une promesse. La société française ne protège plus ses jeunes adultes, elle les isole. Elle les infantilise. Elle les culpabilise. Elle les décourage. Elle les fait taire.

Une transformation des aspirations personnelles

Les modes de vie ont changé. Les études sont plus longues, les carrières plus hachées, les engagements affectifs plus tardifs, les séparations plus fréquentes. L'âge moyen des mères au premier enfant dépasse désormais 31 ans contre 24 ans il y a trente ans !

Mais derrière ce recul, il ne faut pas voir qu'un simple changement culturel. Ce sont aussi des choix contraints. Beaucoup attendent d'avoir « coché toutes les cases » avant de se lancer : logement, emploi, stabilité émotionnelle. Ce perfectionnisme n'est pas une coquetterie. C'est un symptôme. Celui d'une génération qui ne veut pas faire un enfant pour qu'il souffre. Et surtout pour les femmes, à l'égard desquelles l'égalité professionnelle et patrimoniale n'a pas été réalisée et a même reculé. En vingt ans, les inégalités patrimoniales entre hommes et femmes ont doublé !

Le recul de l'action publique et la fragilité des politiques familiales

La France avait construit, redisons-le, au fil des décennies, un modèle unique : fécondité dynamique, activité professionnelle féminine élevée, santé pédiatrique performante. Ce modèle est aujourd'hui affaibli. La mortalité infantile remonte. Les prestations familiales ont perdu leur universalité et leur pouvoir d'achat. Les politiques de la petite enfance sont en crise. Les crèches sont fragilisées et leur privatisation sans contrôle a enrichi leurs promoteurs et multiplié les cas de maltraitances. Les congés parentaux sont inadaptés, souvent mal rémunérés, et trop peu pris par les pères.

Depuis plus de dix ans, aucune politique d'ampleur n'a été menée. Pire : certains reculs ont envoyé des signaux négatifs. La suppression du quotient conjugal, la remise en cause de l'allocation de base, le gel des aides au logement ont frappé directement les jeunes foyers.

Il ne suffit pas de constater l'effondrement. Il faut y répondre avec lucidité, justice et humanité. Recréer les conditions du désir d'enfant, ce n'est pas commander aux corps de faire ce que la société empêche, c'est reconstruire la confiance. C'est faire de la maternité et de la paternité un droit soutenu et sécurisé pour toutes et tous. Et de toutes les formes de famille, n'oubliant pas l'homoparentalité, la PMA, la monoparentalié, les familles adoptives et recomposées... D'ailleurs j'ai toujours insisté pour que l'on parle du ministère « des familles ».

Cela suppose d'abord un engagement sans faille pour la conciliation entre vie familiale et vie professionnelle, là où la France avait su être pionnière. Il faut une garantie universelle d'accueil de la petite enfance, avec un plan national de création de places en crèche, avec une sécurité garantie pour les enfants. Revaloriser les métiers du soin et de l'accueil, ce n'est pas un luxe, c'est une urgence.

Cela suppose aussi un bouleversement du congé parental, qui reste aujourd'hui un sacrifice économique pour trop de femmes. Il faut aller vers un congé de naissance égalitaire, indemnisé à 100 %, et partagé à parts égales entre les deux parents, pour que chacun puisse s'investir sans renoncer. Redonner du temps aux familles, ce n'est pas perdre de la productivité : c'est investir dans la santé psychique de la société.

Enfin, il faut rendre l'avenir habitable. Une politique nataliste déconnectée des enjeux climatiques, du droit au logement, de la paix sociale, est vouée à l'échec. La transition écologique doit intégrer le droit de fonder une famille dans un environnement sain. Cela veut dire lutter contre les pollutions et la mauvaise alimentation, investir dans des villes apaisées et sûres, protéger la santé des femmes enceintes et des tout-petits.

Parce qu'il ne peut y avoir de renaissance démographique sans une renaissance sociale et affective, la vraie réponse à l'effondrement de la natalité ne réside ni dans les injonctions ni dans les slogans, mais dans un nouveau pacte entre la République et ses enfants à venir. Ce n'est pas un réarmement qu'il faut, mais un réengagement : politique, humain, écologique, égalitaire. C'est à cette condition seulement que nous serons fidèles à ce que la France a toujours voulu être : une terre où la vie recommence.

Une charge mentale toujours inégalement répartie

Il faut dire les choses. Tant que les mères porteront seules la double charge mentale, professionnelle et domestique, tant que la parentalité sera vécue comme un sacrifice de carrière, tant que les femmes seront regardées comme suspectes parce qu'elles deviennent mères ou parce qu'elles ne le deviennent pas… alors le désir d'enfant sera entravé et les discours antinatalistes de plus en plus audibles.

Face à ces réalités, certains font le choix du refus. Les mouvements GINKs (Green Inclination No Kids) et Childfree revendiquent l'absence d'enfant comme une forme de liberté ou d'engagement. Ce ne sont pas des caprices individualistes. Ce sont des réponses politiques à un monde qu'ils jugent trop violent, trop marchand, trop patriarcal.

Cela doit nous interroger. Non pas pour condamner, mais pour comprendre. Quand la jeunesse ne veut plus d'enfants, c'est qu'elle ne croit plus à la promesse du monde.

Il ne s'agit pas de « relancer » la natalité comme on relancerait une croissance. Il s'agit de réenchanter le désir d'enfant, de restaurer la possibilité d'espérer le faire grandir en sécurité et en légèreté. Changer d'approche : il ne s'agit plus de se demander « Pourquoi les jeunes ne font-ils plus d'enfants ? », mais plutôt « Pourquoi notre société ne leur donne-t-elle plus envie d'en faire ? »

Le désir d'enfant est encore là. Donc tout reste possible. Si rien n'est fait, la prochaine étape c'est sa disparition.

S'il s'éteint, ce désir d'enfant, c'est qu'il y a quelque chose de cassé dans le lien entre générations, entre passé et avenir, entre l'intime et le collectif. Le réparer exige bien plus que des allocations ou des discours martiaux.

Il exige une société qui donne envie de transmettre.

L'enjeu n'est pas de produire des enfants. L'enjeu est de faire en sorte que toutes celles et ceux qui désirent la vie puissent la transmettre. Je suis certaine que c'est possible.

Chapitre 2

Comment lever le tabou de l'infertilité masculine ?

Un jeune homme m'a confié un jour, à la sortie d'une émission télévisée où il était question de naissances, un problème intime. Ses mots m'ont saisie, parce qu'ils disent tout haut une souffrance trop souvent passée sous silence.

« Vous savez, on parle souvent de l'infertilité comme d'un problème de femmes, me dit-il. On oublie que parfois c'est l'homme qui ne peut pas. C'est mon cas. Et j'ai mis des années à pouvoir simplement le dire.

Le verdict est tombé après une série d'examens humiliants, froids, mécaniques : *azoospermie sévère*. Des mots techniques pour signifier une impasse. J'avais trente-cinq ans. Je croyais avoir le temps, je croyais que la vie suivrait son cours. Mais non. On m'a dit : "Vous n'aurez probablement jamais d'enfant biologique."

Cette phrase, je l'ai reçue comme un effondrement.

Ce qui fait mal, ce n'est pas seulement le désir d'enfant empêché, c'est aussi tout ce que cela renvoie à l'idée qu'on se fait de soi comme homme. Dans les repas de famille, quand les blagues fusent sur "quand est-ce que vous vous y mettez ?", je souris, je change de sujet. Mais à l'intérieur, je me sens amputé. Comme si j'étais moins qu'un autre.

On ne parle pas de ça entre hommes. Le silence est la règle. Comme si la virilité devait se mesurer à la fertilité. Alors on cache, on se tait, on détourne. J'ai moi-même inventé des excuses pendant longtemps : le travail, le moment pas encore venu… La vérité, je n'osais pas la dire, même à mes parents ni à amis proches. »

L'infertilité masculine est une épreuve trop silencieuse. Pour les femmes aussi, mais leur parcours est mieux pris en charge et la société l'intègre davantage. Il m'est arrivé récemment de partager ce secret avec un couple d'amis et j'ai découvert une profonde blessure invisible. Dont personne ne parle. C'est pour cela que j'ai décidé d'y consacrer un chapitre.

Les troubles de la fertilité explosent. Un couple sur quatre en France rencontre aujourd'hui des difficultés à concevoir. Et ce chiffre est en hausse. Les causes sont multiples : âge plus tardif, pollution environnementale, perturbateurs endocriniens, stress chronique...

Et pourtant, cette question capitale reste marginale dans le débat public. On célèbre, alors qu'il n'est nullement menacé, le droit à l'IVG. Mais où est le même effort pour le droit à donner la vie ? Où est l'engagement à garantir aux femmes et aux couples l'accès aux soins de la fertilité, à la prévention, à l'information, aux parcours de PMA de qualité ?

L'infertilité en hausse reste un tabou, il faut agir

Un couple sur quatre en souffre désormais. Ce n'est pas une statistique abstraite. Ce sont des visages, des histoires, des attentes suspendues. Plus de trois millions de personnes en France sont aujourd'hui confrontées à l'infertilité. Et pourtant, le silence règne. L'indifférence persiste. Et le déni gouverne. Par refus de soulever le tabou des pollutions chimiques, dans l'air, l'eau, l'alimentation.

On parle d'infertilité lorsqu'un couple ne parvient pas à concevoir au bout d'un an. Mais derrière cette définition clinique, il y a une réalité humaine bien plus profonde : celle d'un espoir qui s'efface, d'un projet de vie qui s'essouffle, d'un combat intime que l'on mène souvent seuls, dans l'ombre.

En une génération, tout a basculé. Jadis, le combat portait sur le droit de ne pas avoir d'enfants, sur la conquête de la contraception, de l'IVG. Aujourd'hui, une autre lutte s'impose : celle d'accéder aux soins, à l'accompagnement, pour pouvoir enfanter quand on le désire.

Un rapport publié en février 2022 par le ministère de la Santé dans le cadre du Plan national de lutte contre l'infertilité en fait l'analyse : les causes sont nombreuses, mais les réponses sont encore trop rares. Et surtout rien ou presque n'a suivi la remise de ce rapport.

Les hommes, eux, voient leur fertilité chuter : 50 % de spermatozoïdes en moins qu'à l'époque de leurs grands-pères. Voilà des faits. Mais les lobbies continuent à nous dire que les pesticides et autres perturbateurs endocriniens n'y sont pour rien.

Le silence sur la fertilité masculine

L'infertilité masculine est absente du débat public, alors même qu'elle concerne près de la moitié des causes médicales d'infertilité dans les couples. Pourquoi ce silence ? Parce qu'il touche à l'un des bastions du virilisme ou même de la virilité : la capacité à engendrer. Reconnaître que des hommes peuvent ne pas être féconds, c'est venir bousculer un mythe patriarcal profondément ancré : celui de l'homme naturellement fort, performant, reproducteur. Comme si admettre la fragilité biologique masculine revenait à remettre en cause la légitimité symbolique de sa place dans l'ordre social.

Ce tabou est renforcé par une médecine historiquement centrée sur les femmes. Dès qu'un couple peine à concevoir, c'est vers la femme que les examens se tournent, que les traitements s'adressent. Elle bénéficie de prises de sang, de stimulations, de ponctions, même lorsque le facteur d'infertilité est masculin. Ce déséquilibre n'est pas neutre : il alourdit la charge mentale des femmes et empêche les hommes d'accéder à une vérité médicale plus rapide, essentielle à leur santé globale.

Mais ce silence est aussi social. Parler d'infertilité masculine, c'est ouvrir la boîte noire de la pollution environnementale, des perturbateurs endocriniens, du tabac, de l'alcool, du stress, du surmenage. C'est interroger les effets des pesticides, des plastiques, des expositions professionnelles, autant de sujets que certains intérêts économiques préfèrent maintenir dans l'ombre. C'est reconnaître que le modèle productiviste détruit la fertilité des corps, et pas seulement celle des femmes. D'ailleurs il n'existe aucune cartographie sur ce sujet malgré les demandes répétées de nombreux médecins chercheurs qui ne peuvent pas analyser les causes environnementales.

Briser ce tabou, c'est un devoir de justice et d'égalité. Car un homme qui ne peut pas avoir d'enfant a le droit d'être informé, pris en charge, soutenu psychologiquement. Il a le droit de maîtriser cette blessure intime sans être renvoyé au silence ou à la honte. Et les femmes ont le droit, elles aussi, de ne plus porter seules le poids du doute. Et d'être de ce fait bien mieux sensibilisées au soutien de leur conjoint.

Oser parler de l'infertilité masculine, c'est donc renverser une culture du déni, ouvrir une voie vers la vérité, la prévention, et la réconciliation du corps avec soi. C'est un combat de santé publique, mais aussi un combat culturel pour un nouveau rapport à la virilité, plus réel, plus égalitaire, plus humain. Car il n'y a pas de société féconde sans reconnaissance de toutes les fragilités.

La part de l'infertilité masculine dans l'infertilité des couples est au moins équivalente à celle de l'infertilité féminine, voire légèrement supérieure selon certaines études.

Voici les chiffres généralement admis par les experts en santé reproductive :

- dans 30 à 40 % des cas : l'infertilité est due à un facteur masculin identifié (troubles du sperme, anomalies génétiques, varicocèle, infections, causes environnementales, etc.) ;
- dans 30 à 40 % des cas : elle est due à un facteur féminin (troubles de l'ovulation, endométriose, troubles tubaires, etc.) ;
- dans 20 à 30 % des cas : il s'agit d'une infertilité mixte (les deux partenaires présentent des anomalies) ou inexpliquée (aucune cause précise identifiée malgré les examens).

Cela signifie que dans plus de la moitié des cas, l'infertilité implique un facteur masculin, seul ou associé.

Or, malgré cette réalité scientifique, l'infertilité masculine reste moins explorée, moins prise en charge, et moins médiatisée. Ce déséquilibre est d'autant plus problématique que la qualité du sperme a diminué de près de 50 % en cinquante ans en France, selon l'étude de référence menée par Santé publique France (2022), qui a analysé les données de 50 000 hommes entre 1989 et 2005.

Ce recul du sperme (concentration, mobilité, morphologie) est fortement corrélé à des facteurs environnementaux, comme les perturbateurs endocriniens, le stress, le mode de vie, ou encore l'exposition professionnelle à des substances toxiques.

L'infertilité n'est ni une faute, ni une faiblesse. C'est une alerte

Le diagnostic d'infertilité est un choc, un stress, un isolement. Et paradoxalement, alors que ce problème concerne des millions de couples, notre débat public s'est focalisé sur des droits déjà acquis.

Ce silence est d'autant plus insupportable qu'il se double d'un autre : celui sur les causes de l'infertilité, en particulier la pollution par les perturbateurs endocriniens. Ils sont partout. Dans la nourriture, l'air que nous respirons. Dans l'eau que nous buvons. Dans les plastiques, les textiles, les produits d'entretien, les emballages. J'ai lutté contre le glyphosate et les néonicotinoïdes. Ce travail a été détruit par mes successeurs. Mais l'ampleur de la pétition contre la loi Duplomb qui rétablit des pesticides interdits, entre autres reculs, a montré que désormais la loi du silence n'est plus acceptée.

On les appelle « polluants éternels ». Et pour cause : ils ne disparaissent jamais. Ils s'accumulent dans nos corps, dans nos terres, dans nos cycles de vie. Et ils réduisent notre fertilité. Voilà la vérité. Et pourtant, où est le scandale ? Où sont les décisions ? Où sont les interdictions ?

Nous vivons dans une société où l'activité humaine détruit non seulement l'environnement mais aussi la capacité humaine à se reproduire. Il ne s'agit pas d'un slogan. C'est une réalité sanitaire, scientifique, politique.

Et puisque j'ai conçu ce livre comme un travail d'information et même parfois de guide pratique, je voudrais contribuer à réduire la carence de l'information en partageant quelques données du rapport de 2022. Il identifie tout d'abord les causes de l'infertilité :

Les causes médicales :

- troubles de l'ovulation (syndrome des ovaires polykystiques, insuffisance ovarienne précoce);
- anomalies spermatiques (diminution de la quantité, de la mobilité, de la forme des spermatozoïdes);
- pathologies utérines (endométriose, infections non traitées).

Les causes environnementales et comportementales :

- pollution, pesticides, bisphénols, phtalates;
- tabac, alcool, sédentarité, stress.

Il propose des solutions qui sont restées sans réponse ou presque.

La prévention : campagnes sur les raisons de l'infertilité; sensibilisation aux risques liés à l'environnement.

La prise en charge : bilans d'infertilité remboursés dès un an d'attente; faites-le si vous êtes concerné. Père et mère.

La recherche et la formation : études sur les effets des perturbateurs endocriniens et cartographie des zones à risque ; congélation des ovocytes et du sperme encouragée et encadrée ; formation continue des médecins.

La coordination : allongement du délai de conservation des gamètes ; parcours de soins coordonnés entre ville et hôpital.

Cette action pour la fertilité est un beau défi médical et sociétal. La fertilité n'est pas qu'une affaire médicale. Elle est aussi une construction culturelle. Comme l'a montré l'anthropologue Françoise Héritier, la procréation est toujours prise dans des enjeux symboliques, sociaux, souvent façonnés par des normes imposées.

Or, ces normes doivent être réinventées. Nous devons construire un nouveau pacte entre science, éthique, liberté. Cela suppose de faire appel à toutes les forces vives : soignants, chercheurs, citoyens, éducateurs. Refuser la cruauté du monde, c'est aussi protéger le droit de transmettre la vie.

Ce projet est orphelin d'une vision. Car la construction sociale de la maternité et de la parentalité n'a pas suivi l'émancipation des femmes. Elle est restée entre les mains d'hommes pensant (ou ne pensant pas) pour d'autres hommes.

Chapitre 3

Comment leur rendre le droit de naître en bonne santé ?

Dans le cri de son nouveau-né, une mère entend la réponse à toutes ses peurs : il est vivant.

Je l'ai vécu quatre fois : à l'instant où le travail commence, tout le corps se concentre sur une seule urgence : donner la vie. Mais derrière chaque contraction, il y a une autre tension, plus silencieuse, plus intime. C'est la question qui traverse l'esprit de presque toutes les mères : « Et s'il y avait un problème ? »

Pendant ces heures suspendues, le temps semble se dédoubler. À la fois rapide et interminable. Chaque geste de l'équipe médicale, chaque regard échangé, chaque pause dans le rythme cardiaque du bébé devient un signal qu'elle guette.

On imagine son visage, ses mains, ses premiers cris… et en même temps, on redoute de voir l'inquiétude dans les yeux des soignants.

Au fond, ce n'est pas seulement de la peur : c'est une prière muette. Une espérance absolue. Celle de voir son enfant respirer, bouger, crier, et de sentir contre soi ce petit corps chaud, vivant, entier.

Et quand ce cri enfin retentit, quand le bébé ouvre les yeux, c'est un soulagement qui submerge tout, un torrent de gratitude. Parce que dans ce premier souffle, il y a l'essentiel : il est là, il est vivant, et le monde peut commencer pour lui.

C'est pour cela que j'ai toujours compris et partagé la détresse immense des parents lorsqu'ils vivent un drame à la naissance de leur enfant. Et que l'inertie politique face à la hausse récente de la mortalité et des malformations à la naissance me révolte.

Le scandale de la hausse de la mortalité périnatale

Quand la France cesse d'être modèle, on en est profondément attristés. C'est un recul historique, un scandale sur lequel les équipes médicales alertent en vain. Deux mille bébés de plus qu'avant meurent chaque année en

France à la naissance, alors que nous étions les meilleurs au monde pour protéger la vie à la naissance. Autrefois première en Europe, la France se retrouve aujourd'hui à la 23e place sur 27 pays européens. Comment ne pas y voir un abandon ? Comment justifier une telle régression alors même que l'enfance est proclamée « priorité du quinquennat » ?

On pensait ce combat gagné. On croyait que la naissance était devenue un moment de joie, protégé par les progrès de la médecine, sanctuarisé par la République. Et voilà que, sans bruit, sans déclaration officielle, sans mobilisation politique, la mortalité infantile repart à la hausse.

La vérité, c'est qu'ils ont démantelé ce qui faisait notre force. Ils ont supprimé des postes de sages-femmes, réduit les concours, précarisé les services d'urgence, affaibli le réseau des PMI – ces structures de santé publiques pionnières, humaines, gratuites, qui prenaient soin des mères et des bébés y compris à domicile.

Et face à cela, Santé publique France continue de refuser la mise en place d'un registre national des décès avant ou à la naissance, des malformations à la naissance, que l'on pourrait comparer aux zones de contamination par pollution chimique, des maternités à risques, etc. Tout cela afin de réduire les risques et mener des actions de prévention. La Suède, elle, par exemple, a réalisé ce registre national. Résultat : il y a dans ce pays deux fois moins de petits bébés décédés à la naissance qu'en France.

Pire encore : l'agence Santé publique France envisagerait de changer le mode de calcul pour masquer la hausse de la mortalité à la naissance, en supprimant les naissances multiples des statistiques afin d'améliorer artificiellement les chiffres.

Emmanuelle Amar, épidémiologiste, directrice du Remera, qui surveille les malformations en Rhône-Alpes, n'a jamais pu obtenir, avec les parents en souffrance, d'enquête sérieuse sur les enfants nés sans bras dans le département de l'Ain et sur les pollutions par produits interdits probables, depuis plusieurs années[1]. On ne ment pas par omission avec la mort ou le handicap des nourrissons. On ne manipule pas les données pour rassurer les ministères. Il faut enfin un registre

1. Emmanuelle Amar, *Un silence toxique*, Le Seuil.

national sérieux et du courage sans faille pour reconnaître et analyser les problèmes sanitaires.

Car ce que nous voyons désormais apparaître est encore plus grave : des malformations congénitales en augmentation, des troubles hormonaux, des anomalies génitales chez le nourrisson, des cancers pédiatriques en hausse, des troubles du neurodéveloppement. Il ne s'agit pas de coïncidences. Il s'agit d'un empoisonnement diffus, insidieux et hélas, toléré. Je le répète, il est scandaleux de supporter les blocages contre la réalisation d'un registre national.

La France a longtemps été un modèle, un exemple de périnatalité de qualité. Mais aujourd'hui, ce droit fondamental – le droit à naître et à survivre – est en régression.

Une inversion de tendance alarmante

En 2024, 4,1 enfants sur 1 000 nés vivants sont morts avant leur premier anniversaire. Ce taux, supérieur à la moyenne européenne (3,3 ‰), est une rupture historique : la courbe de mortalité infantile, en baisse constante depuis 1990, a amorcé une inversion depuis 2011, passant de 3,5 ‰ à 4,1 ‰.

Pire : la mortalité néonatale précoce (de 1 à 27 jours) a augmenté, passant de 1,5 ‰ à 2,0 ‰. Plus de la moitié des décès surviennent dans cette fenêtre critique.

La mortinatalité (fœtus mort-nés) stagne à 3,8 ‰, l'un des taux les plus élevés et les plus réfractaires à l'amélioration en Europe depuis 2000.

Voilà la preuve que la France, pays des droits, voit aujourd'hui le droit le plus élémentaire, celui de naître vivant, reculer.

Dans les années 1990-2000, la France se situait parmi les meilleurs d'Europe pour la survie néonatale : aujourd'hui, elle est 22e pour la mortalité néonatale !

Il ne s'agit pas d'un simple recul statistique. Derrière les ‰, ce sont des vies brisées, des futures mères et pères meurtris, des familles ébranlées. Des naissances futures auxquelles on renonce.

Pourquoi revient-on en arrière? Un système sous tension

La France a longtemps été une référence : soins néonataux de pointe, réseau dense de maternités, présence forte des sages-femmes. Aujourd'hui, ce service public s'effrite : sous-investissement, manque d'attractivité des métiers, inégalités territoriales accrues, réduction des postes de sages-femmes mis au concours.

Fermetures de petites maternités, éloignement des services, manque de personnel qualifié : régions rurales et urbaines sont concernées. Un rapport de la Cour des comptes pointe que 40 % des décès néonatals en France auraient pu être évités si nos critères de soins étaient restés les mêmes.

Un enjeu politique et moral

Garantir le droit à naître, c'est plus qu'un chantier sanitaire : c'est affirmer l'exigence d'un État qui protège la vie dès les premiers instants. C'est refuser que l'on meure par défaut, par absence de service. C'est inscrire au fronton de la République : « Chaque naissance compte.

Chaque bébé mérite de vivre. » Un pays qui échoue sur ce terrain, et pire, qui recule, perd non seulement son rang mais sa promesse humaniste.

La baisse de la présence de la PMI : effectifs et activités en recul

La PMI était une invention française d'exception. Quand on compare ce qu'elle était, avec des soins à domicile alors que le séjour en maternité était plus long (maintenant on met les mères à la porte au bout de trois jours), avec ce qu'elle est devenue pour les jeunes femmes d'aujourd'hui, on constate un inquiétant recul.

Moins de professionnels, moins d'actions de prévention

Entre fin 2010 et 2022, les services de Protection Maternelle et Infantile (PMI) dans les départements ont perdu près de 400 emplois équivalents temps plein (ETP), soit environ – 3,5 % des effectifs. Médecins : chute de – 3,9 % par an entre 2010 et 2022. Ils représentent aujourd'hui 13 % des effectifs PMI, contre 21 % en 2010. Infirmières : recul d'environ 130 ETP sur la même période.

Des activités de terrain en recul

Les consultations et les visites à domicile sont en baisse significative : – 4,5 % par an entre 2016 et 2019. Entre 1995 et 2016, la couverture des consultations PMI est tombée de 900 000 à 550 000 enfants suivis, soit – 45 %. Les visites à domicile par les sages-femmes ont chuté de 264 000 à 188 000/an, et celles des infirmières puéricultrices de 1 000 000 à 580 000/an.

La PMI n'est pas un service facultatif : elle est un pilier du système de protection de la naissance. Moins de professionnels, moins de prévention, moins d'écoute... c'est moins de chances que chaque enfant naisse dans la sécurité et l'espoir.

La santé à la naissance c'est aussi le droit à ne plus être pollué

Les scientifiques tirent la sonnette d'alarme. Les pesticides, les perturbateurs endocriniens, les plastiques toxiques sont partout dans l'air, dans l'eau, dans les sols agricoles, donc dans les aliments, dans les jouets, les produits d'entretien.

On les retrouve dans le sang des mères, dans l'urine des enfants, dans le cordon ombilical. On les retrouve dans les chambres d'enfants. Et ceux qui devraient agir préfèrent détourner le regard.

J'ai interdit, en tant que ministre de l'Environnement, les néonicotinoïdes et le glyphosate. Ils ont rétabli ces produits ensuite, sous la pression des lobbies. J'ai vu leurs méthodes. J'ai lu leurs argumentaires. J'ai été classée comme « incorruptible » dans les documents internes de Monsanto. Cela veut dire que d'autres ne l'étaient pas. Cela veut dire que certains ont cédé. Et aujourd'hui, ce sont nos enfants qui en paient le prix.

Ils ont méprisé les alertes des chercheurs. Je le répète, ils ont cherché à faire taire Emmanuelle Amar, épidémiologiste courageuse, qui après avoir mis au grand jour le problème de la Dépakine, a révélé l'affaire des bébés sans bras dans l'Ain. Plutôt que d'enquêter, ils ont tenté de supprimer son registre. Plutôt que d'analyser les sols, afin de sourcer l'origine de la pollution-poison, ils ont laissé les malformations s'accumuler. Voilà où mènent les intérêts financiers quand ils rencontrent la lâcheté politique. Il n'est pas trop tard pour le savoir.

Et pendant ce temps, les polluants éternels – bisphénols, phtalates, PFAS – continuent d'empoisonner les enfants. Des jouets vendus sur les plateformes en ligne contiennent des substances interdites. Et la Commission européenne, dans une décision indigne, a repoussé à... 2029 l'interdiction de ces produits toxiques dans les jouets. Cela veut dire que pendant quatre années encore, les bébés pourront mâchouiller, téter, toucher des objets cancérigènes ou perturbateurs. Quelle faiblesse ! Quelle trahison des valeurs européennes ! Les parents, les associations de consommateurs comme Que Choisir se retrouvent seuls pour se protéger, en s'informant par leurs propres moyens.

Mais nous savons. Et ce savoir nous oblige. Il oblige à l'action. Il oblige à la création d'un registre national indépendant des malformations. Il oblige à la transparence sur les cartes d'épandage. Il oblige à l'interdiction immédiate des substances les plus dangereuses dans les objets du quotidien. Il oblige à protéger les mères avant qu'elles ne tombent malades, et les enfants avant qu'ils ne naissent blessés par l'incurie.

Il faut dire stop à cette inertie toxique. Car ce n'est pas seulement la santé des enfants qui est en jeu. C'est la survie même de l'espèce humaine. Les maladies chroniques progressent chez les bébés. L'endométriose, les malformations, le diabète de type 2, les cancers pédiatriques, l'asthme, les troubles du développement... Il n'est plus possible de les dissocier des expositions prénatales à des substances chimiques.

Le principe de précaution, inscrit dans notre Constitution, est devenu une coquille vide. Pourtant, une seule décision forte pourrait changer la donne : interdire dès maintenant l'importation de jouets et de produits contenant des substances cancérigènes ou des perturbateurs endocriniens. Réorienter les aides agricoles vers l'agroécologie. Réinvestir massivement dans les services de santé publique de proximité. Et surtout, écouter les scientifiques, les femmes, les enfants, les familles.

Car une République qui ne protège plus ses nouveau-nés ne mérite même plus ce nom de République.

Chapitre 4

Comment leur rendre l'insouciance ?

On ne naît pas mère, on le devient.

Il y a quelque chose d'infiniment bouleversant dans la douceur d'un nourrisson. Ce moment suspendu où l'on s'approche de lui, sans bruit, pour ne pas l'effrayer, et où l'on cueille dans ses bras un petit qui vous donne, sans condition, toute sa confiance. Ce regard flou mais précis, ces frémissements infimes, ce corps abandonné dans le creux de vos bras vous donnent le sentiment d'avoir en main un fragment de ciel. Comme un éclat d'éternité.

Dans ce silence habité, il n'y a ni peur, ni jugement, ni devoir de performance. Il y a la tranquillité originelle. Celle qui précède toutes les violences du monde.

Mais cette tranquillité ne tient qu'à un fil. Celui de l'amour inconditionnel. Celui du soin, du rythme, de la sécurité, du calme sans cris d'adultes, de la parole qui soigne. Celui d'une société qui choisit de ne pas briser, dès les premières années, l'insouciance de ses enfants.

Alors oui, je pose cette question : qui va garder leur tranquillité ? Qui va protéger leur droit à l'insouciance, à la douceur, à l'émerveillement ?

L'amour maternel inconditionnel

Je sais les joies rayonnantes, les fatigues jusqu'à l'épuisement, les nuits blanches, les silences habités, les inquiétudes permanentes. L'estomac noué par l'absence, à cause de la surcharge professionnelle. Cet amour qui ne calcule pas, ne juge pas, pardonne avant même qu'on ait demandé pardon. Qui trouve toujours une solution. C'est l'amour inconditionnel.

Les rires clairs, les yeux écarquillés de plaisir, le jeu sans calcul, la joie malicieuse, l'émerveillement à l'écoute d'une histoire inventée, la musique, la danse, l'observation de la nature, les devinettes, la négociation sur les règles des jeux, la verbalisation des images. Cette joie limpide que nous apporte la petite enfance n'a aucun équivalent.

Fatigant parfois, et même souvent, mais tellement ressourçant, à nulle autre source pareille.

L'amour qui veille quand tout le monde dort. Qui anticipe le danger avant qu'il n'apparaisse. Qui soigne, qui nourrit, qui enveloppe. Il y a dans l'amour maternel une leçon de politique : aimer, c'est protéger. Protéger, c'est prévoir. C'est ne jamais renoncer, c'est toujours écouter, c'est négocier pour faire comprendre. C'est respecter pour apprendre à respecter les autres. Albert Cohen, Camus, Zola, Colette, García Márquez, Aznavour, et plus près de nous, et pour n'écarter aucun style Louane, Sexion d'Assaut (« Avant qu'elle parte ») et bien d'autres l'ont dit à leur manière. Cet amour maternel ne disparaît pas avec la mort. Il continue à guider l'enfant devenu adulte. Il devient mémoire, force intime, ancrage. Et à l'inverse, lorsqu'il a manqué, fut cruel ou maltraitant, il laisse des blessures béantes. Et oblige parfois à se faire aider pour prendre soin de l'enfant intérieur et se réconcilier avec soi.

Mais la beauté de cet amour ne doit pas masquer sa charge. Car aimer, pour beaucoup de mères, c'est aussi porter tout, tout le temps, pour tout le monde. Et tant d'entre elles qui se retrouvent seules.

L'enfance doit être une terre préservée. Un espace protégé où l'on grandit sans peur, sans haine, sans cris, sans menaces, sans urgence à se défendre du monde. Une oasis d'insouciance. C'est cela, le rôle d'une société humaine : laisser à chaque enfant la chance de ne pas grandir trop vite. Ne jamais blesser son innocence.

Mais aujourd'hui, que voyons-nous ? Une insécurité rampante, sournoise, qui s'insinue dans les regards, dans les jeux, jusque dans les rêves des enfants. Les écrans saturés de violence, les familles brisées par les conflits d'adultes ou par la précarité, les réseaux sociaux qui volent l'estime de soi, tout cela brise l'élan de l'enfance. Il ne s'agit pas d'une nostalgie naïve. Il s'agit d'un droit fondamental : le droit de ne pas porter le poids du monde avant l'heure. Et même après l'heure d'ailleurs.

Qui va garder leur insouciance ? Certainement pas ceux qui banalisent la violence, ni ceux qui ferment les yeux sur la toxicité de certains contenus numériques, ni ceux qui laissent se détériorer les services publics d'éducation, de santé mentale, de culture.

La République a une dette envers ses enfants. Une dette de protection, d'éveil, de confiance. L'école doit être ce lieu d'émancipation joyeuse, où l'on apprend sans peur du jugement. La famille, un refuge d'amour et de paix. La société, un écrin de justice, où aucun enfant ne devrait trembler à l'idée de l'avenir. Il est insupportable que tant d'enfants aujourd'hui s'endorment avec la peur du lendemain. Et que tant d'entre eux subissent des violences. J'y reviendrai dans le chapitre 6, vous connaissez mon engagement sur ce sujet.

L'insouciance n'est pas un luxe. C'est le droit premier de tout enfant. Une forme de beauté, de résistance douce. Elle prépare l'audace de demain, nourrit la créativité, la joie d'apprendre, le courage d'aimer. Quand un enfant rit, c'est une victoire silencieuse contre la brutalité du monde.

Oui, il faut protéger leur insouciance comme on protège une source vive. Il faut dire non à ce monde adulte quand il devient toxique, qui impose ses angoisses, ses guerres, ses injonctions de performance. Redonnons du temps aux enfants. Du silence. De la nature. De la culture. Des livres. Des amitiés vraies. Redonnons-leur le droit à la lenteur, au jeu libre, au rêve éveillé. À la beauté. Et bien évidemment le pire du pire, l'enfant dans les guerres.

Alors je le dis avec force : gardons leur insouciance. Protégeons-la comme on protège une promesse, comme on garde un trésor.

La charge mentale, cet impensé politique

Garder l'insouciance des enfants commence par alléger la charge mentale des mères. Combien de femmes vivent en état d'alerte permanent ? Combien de ventres noués, de respirations bloquées, de nuits interrompues par la peur que quelque chose leur échappe ? Ce n'est pas une peur triste. C'est un bonheur inquiet. Parce que la vie est là.

Des chercheurs parlent de « surdité attentionnelle », de surcharge cognitive, de stress chronique. Les mères vivent avec une application invisible, toujours ouverte en tâche de fond : organiser, penser pour les autres, anticiper les dangers, apaiser les tensions. Dans le silence. Souvent sans reconnaissance. Sans repos.

Et pourtant, on continue de parler de « naturel », de « vocation », comme si cette charge devait être discrète, gratuite, et éternelle. Elle est invisible comme les organes internes du corps : tout le monde sait qu'ils sont vitaux, mais personne ne les regarde. Et quand une mère n'est plus en mesure d'accomplir cette tâche silencieuse, ou qu'elle est seule et finit par craquer, qui la remplace ? Rien ni personne. Juste un enfant qui part à la dérive.

Le droit à la tranquillité, ce bien commun négligé

Savez-vous que les trois mots que les enfants entendent le plus sont : « **Dépêche-toi. Attention. Ne fais pas ça.** » Ils grandissent dans un monde d'interdits plus que d'encouragements. Or l'enfant comprend par l'exemple, par le lien, par le verbe d'action. En clair, quand on lui dit : « ne crie pas », il entend : « crier ». Quand on lui dit : « ne cours pas », il entend : « courir ». D'où le décalage entre l'ordre donné et la réaction de l'enfant qui continue. Et l'adulte qui commence à s'énerver voire à hurler, alors que l'enfant n'a pas intégré ce qu'il lui est dit. À « ne crie pas », préférer « parle doucement, sinon ça fait mal aux oreilles ». À la place de

« ne tape pas », substituons « dis pourquoi tu n'es pas content ? ». À la place de « ne fais pas ça », dire « viens on va faire un jeu ou je vais te raconter une histoire ». À la place de « ne cours pas », dire « marche lentement sinon tu peux tomber et te faire mal ». La différence de réception est spectaculaire.

La tranquillité, ce n'est pas le silence absolu. C'est la possibilité, pour l'enfant, d'avoir un refuge, un lieu apaisé, un rythme respecté, une écoute stable. C'est ce qui permet à l'enfant de grandir, non dans la peur, mais dans la confiance.

Et cela suppose une organisation :

Protéger leur espace physique

Un lieu calme à la maison. Des écoles apaisées. Des chambres sans écrans. Des sorties dans la nature, régulières, gratuites, accessibles. Ce n'est pas un luxe, c'est un droit.

Respecter leurs rythmes

Un bon équilibre entre activités imposées et temps pour rêver, lire, jouer librement. Plus de sommeil. Moins d'écrans. Le surmenage n'est pas une vertu chez l'enfant.

Soulager la pression scolaire et sociale

Assez des comparaisons, des classements, des humiliations. L'enfant a le droit à l'erreur.

Le droit de recommencer. Le droit de comprendre à son rythme. Le droit de se jouer des règles du jeu pour gagner avant de les avoir bien intégrées.

Apprendre à dire non de façon positive à un enfant, c'est utiliser sans crier le mot stop

Le « stop » est une arme de paix. Il faut l'enseigner. Car on ne protège pas un enfant en le surexposant. On le protège en lui donnant des repères, des mots, des limites claires et bienveillantes. Dire stop en expliquant au lieu de crier, c'est une solution efficace.

Accompagner sans effrayer

Les enfants ne doivent pas porter seuls l'angoisse du monde. Ni celle du climat, ni celle des guerres, ni celle de la précarité. Il faut leur parler, oui. Mais avec mesure, avec tact, avec confiance.

Préserver leur monde intérieur

Encourager l'ennui, la rêverie, la lecture sous un arbre. Valoriser le silence. C'est dans ces espaces intimes que naît la force d'âme.

Et surtout leur épargner coûte que coûte les conflits familiaux. C'est la pire des atteintes à leur intégrité psychologique.

Insouciance n'est pas ignorance

Protéger l'insouciance des enfants, ce n'est pas nier les réalités du monde. C'est leur offrir une base solide. Une respiration. Un temps protégé. Qui leur donne les moyens, plus tard, d'affronter l'injustice ou les horreurs du monde, hélas, sans s'écrouler. De transformer la colère en énergie. De rêver grand. Et de continuer à aimer, malgré tout.

La mère suffisamment bonne : un soulagement

J'avoue que ma charge mentale s'est agréablement allégée quand j'ai découvert les observations du pédiatre et psychanalyste Donald Winnicott (alors je les partage volontiers) qui avait observé auprès d'enfants malades que l'enfant n'a pas besoin d'une mère parfaite, mais d'une mère « suffisamment bonne » pour lui permettre de se développer en sécurité. Une mère qui aime sans s'effacer. Qui répond sans étouffer. Qui console sans disparaître. Une mère qui apprend à doser, à ajuster, à se détacher sans abandonner. Une mère qui comprend l'importance du jeu, essentiel pour la santé psychique, et qui recherche l'équilibre de l'enfant en identifiant ce que Winnicott appelle *le vrai self,* ce que l'enfant est profondément, par rapport au *faux self,* une adaptation exagérée aux attentes extérieures, qui met l'enfant sous emprise.

Vous ne trouvez pas, cher lecteur, lectrice, qu'en extrapolant ce raisonnement, nous serions en droit d'attendre des gouvernants suffisamment bons ? Pour permettre de se développer en toute sécurité, sans brutalité ni cris ? Qui répondent sans étouffer ? Qui apprennent à doser, à ajuster, à se détacher sans abandonner ? Qui comprennent l'importance de la joie de vivre, de la culture (la transposition du jeu) et qui cessent de nous mettre sous emprise afin de pouvoir réaliser notre *vrai self* ? Mais oui, bon sang, mais c'est bien sûr...

Le choix politique du refus de l'intranquillité

Je le dis avec gravité : protéger l'insouciance des enfants est un choix politique.

Nous devons bâtir une société dans laquelle chaque enfant a le droit de rêver, d'explorer, de faire confiance. Une société où l'on n'a pas besoin de désapprendre la peur pour pouvoir grandir.

Car pour avoir envie de grandir, il faut pouvoir idéaliser le monde adulte. Force est de constater que les enfants et les adolescents ont de moins en moins accès à ce droit tellement ils sont accablés d'images tragiques ou sordides. Il faut croire que devenir grand, ce n'est pas perdre sa joie, sa tendresse, son droit au jeu. Mais les approfondir. Les transmettre.

Alors oui, gardons leur tranquillité. Et avec elle, leur insouciance. Car c'est elle qui fait naître la réussite de l'éducation.

Quand l'amour manque, que devient l'enfant ?

Il y a des absences qui laissent des traces plus profondes que les blessures visibles. Ce sont celles que l'enfant ne peut pas nommer, mais qu'il ressent dans chaque recoin de son corps, dans chaque battement de son cœur. Le manque d'amour n'est pas une simple carence affective. C'est un vertige. Une chute sans point d'appui. Un monde où rien ne fait écho.

Un enfant sans amour ne cesse pas d'aimer. Il cesse d'attendre. Il intériorise l'idée que le monde n'est pas fiable, que sa douleur n'est pas légitime, que sa joie ne mérite pas d'être partagée. Il se construit autour d'un vide.

J'ai vu, dans des centres d'accueil, dans des foyers de l'enfance, dans des services hospitaliers, ces regards d'enfants sans ancrage. Ils ont tout vu trop tôt. Trop pleuré. Trop attendu sans réponse. Ils sont devenus prudents, silencieux, parfois agressifs. Non pas parce qu'ils sont durs. Mais parce qu'ils ont dû se durcir. Ils se protègent d'un monde qui ne les a pas protégés.

Le lien, une condition de survie

Dès la naissance, le cerveau du nourrisson est programmé pour chercher la relation. Le contact peau à peau, le regard qui répond, la voix qui rassure, la bouche qui sourit. Ce n'est pas une sensiblerie, c'est une réalité biologique. Sans cela, le développement émotionnel et cognitif est entravé. On l'a vu pendant le

Covid, les visages masqués des professionnels de la petite enfance entraînant la déprime des enfants et les retards de langage.

Quand l'amour manque, le cerveau ne se développe pas pleinement. L'enfant devient hypersensible au stress. Il interprète chaque imprévu comme un danger. Il s'épuise à survivre là où il aurait dû apprendre à vivre.

Ce que montrent les neurosciences rejoint ce que les pédiatres et les mamans savaient depuis longtemps : un bébé laissé seul trop longtemps pleure d'abord, puis se tait, non pas parce qu'il va mieux, mais parce qu'il comprend que personne ne viendra. Ce silence-là est une forme tellement triste de résignation.

Le manque d'amour n'est pas une abstraction. C'est une violence

Un enfant peut être nourri, logé, habillé, et pourtant manquer cruellement de ce dont il a le plus besoin : le sentiment d'exister pour quelqu'un.

Ce manque d'amour peut entraîner :

- des troubles graves de l'attachement (fusion, rejet, dépendance extrême);

– des difficultés scolaires majeures (manque de concentration, inhibition);
– des troubles du comportement (opposition, agressivité, isolement);
– une faible estime de soi, parfois jusqu'au rejet de soi-même;
– une vulnérabilité accrue à la dépression, aux addictions, aux relations toxiques.

Ce sont les enfants devenus adultes trop vite. Ceux qui ne réclament plus. Ceux qui pensent que souffrir est normal.

La société a un devoir de veille

La puissance publique ne peut pas aimer à la place d'une mère. Mais elle peut éduquer cette mère (et ce père) à la parentalité, dans les séances préparatoires à la naissance. Entre autres. Ce qui est fait dans les pays nordiques. Il y aurait moins d'enfants placés pour carence éducative grave et moins de charge pour l'Aide Sociale à l'Enfance.

Il faut sanctuariser les premières années. Soutenir les familles fragiles. Former les parents ou les adultes référents à l'attachement. Refuser les placements multiples. Refuser qu'un enfant change de référent tous les six mois. Refuser que les institutions deviennent des lieux d'indifférence ou de violence.

Comme le souligne si bien le psychiatre Boris Cyrulnik, « il n'y a pas de destin, seulement des histoires qu'on peut réparer ». Mais pour cela, il faut agir tôt. L'attente est une forme d'abandon.

Quand l'amour manque, quand l'enfant est brutalisé et maltraité, il devient un adulte qui doute. Un adulte qui cherche toute sa vie ce qu'il n'a pas reçu dans l'enfance. Un adulte qui veut réparer en lui ce qui n'a pas été soigné. Un adulte agressif et un ado délinquant. Mais il devient aussi, parfois, un adulte lumineux, capable de transformer ses blessures en bienveillance pour les autres à condition que quelqu'un, un jour, l'ait regardé avec amour et lui ait donné confiance.

Quand la République abandonne ceux qu'elle devait protéger : le scandale des enfants placés

Il y a des silences qui font mal, et des rapports officiels qui réveillent la conscience. Depuis plusieurs années, une réalité glaçante s'impose : notre République laisse des enfants, déjà blessés par la vie, être maltraités au sein même du dispositif censé les protéger. Ces enfants, ce sont ceux de l'Aide Sociale à l'Enfance. Ils ont été retirés à leurs familles pour leur sécurité, et parfois, c'est dans les lieux censés les accueillir que la violence recommence. Ou pire, s'installe en routine.

Un rapport parlementaire publié au printemps 2025 a confirmé ce que les associations, les professionnels et les enfants devenus adultes dénoncent depuis longtemps. Une logique comptable s'est substituée à la logique de lien. L'ASE est devenue, dans trop de cas, une machine administrative froide. On ne protège pas un enfant en le déplaçant d'un hôtel à un autre, en multipliant les référents, en le laissant sans projet, sans repères, sans affection.

La Défenseure des droits, les associations comme ATD Quart Monde et des chercheurs ont parlé avec gravité d'une « violence institutionnelle ». Une maltraitance non pas exceptionnelle, mais systémique. Pas seulement le fait de quelques individus déviants, mais le symptôme d'un système fatigué, sous-financé, désorganisé. Des jeunes de l'ASE témoignent de placements successifs, de ruptures de liens permanents, d'errances administratives, de négligences éducatives, parfois même de violences physiques ou sexuelles subies dans les foyers censés les protéger. Et la prostitution des mineures.

Et que fait-on ? On attend. On regarde. On débat. Mais pendant ce temps, les enfants grandissent dans l'abandon.

Un chiffre suffit à mesurer l'ampleur du drame : près d'un quart des jeunes confiés à l'ASE se retrouvent sans solution à leur majorité. Certains deviennent sans-abri. D'autres tombent dans des addictions. Certains sombrent. Parce qu'on les a protégés sans les aimer. Parce qu'on les a administrés sans les élever. Parce qu'on les a pris en charge sans les accompagner vraiment.

Ce que nous apprend cette crise de l'ASE, c'est une vérité plus large : nous avons construit un système qui prétend protéger, mais qui ne soigne pas; qui héberge, mais qui n'accueille pas; qui administre, mais qui n'aime pas. Or un enfant blessé n'a pas seulement besoin d'un toit : il a besoin d'une parole douce, d'un repas chaud partagé, d'un cadre sécurisant, de rêves encouragés. J'ai même vu des rapports glaçants de l'ASE qui reprochaient à des parents d'accueil d'être trop aimants et trop attachés à l'enfant placé, qui était du coup déplacé dans une autre famille d'accueil !

Il faut repenser l'ensemble. Garantir à chaque enfant confié un projet personnalisé, inscrit dans la durée. Instaurer des inspections régulières, deux fois par an, dans tous les établissements. Créer une commission indépendante de réparation pour les enfants victimes de maltraitances institutionnelles. Et surtout, former les professionnels à la psychologie de l'attachement, à la gestion des traumas, à la relation de confiance. Associer des associations de jeunes retraités comme grands-parents d'adoption et des parrainages pour le travail scolaire.

Faire cheminer malgré cela vers les voies d'excellence, ce serait un formidable défi. La maltraitance dans l'Aide Sociale à l'Enfance n'est pas une fatalité. C'est un reflet de nos choix politiques.

Car oui, ces enfants-là, déjà blessés par les carences parentales puis par la séparation, auront du mal à s'en remettre. C'est déjà extraordinaire que l'ASE existe. Rappelons que sous Napoléon, les enfants errants en rupture de famille étaient envoyés au bagne pour enfants qu'il avait créé. Entre travail forcé, malnutrition, violences et abus sexuels, ils y mouraient.

Et quand le village n'est plus là? Réinventer les communautés d'entraide

Il faut tout un village pour élever un enfant, dit la sagesse africaine.

Longtemps, dans les sociétés rurales, dans les quartiers populaires soudés, dans les familles élargies, l'enfant relevait de la responsabilité de tout le monde. Il était porté, surveillé, nourri, repris, consolé, guidé non seulement par ses parents, mais aussi par ses oncles, ses grands-mères, les voisines, les aînés du quartier. Il bénéficiait de regards croisés, de rôles multiples, d'une densité affective.

La famille élargie est loin. Les voisins ne se connaissent plus. Les services publics ont déserté les territoires. Et les réseaux sociaux, paradoxalement, n'ont jamais aussi peu permis la reliance réelle.

Résultat : la solitude éducative des mères est devenue l'un des tabous de notre société.

Et pourtant, c'est là que se joue le début de tant de ruptures.

On parle souvent du burn-out parental. Mais on devrait surtout parler de défaut collectif d'entraide. Ce n'est pas seulement la mère qui est défaillante. C'est le système familial et social autour d'elle qui s'est effondré.

Recréer du village

Alors comment faire, dans une société fragmentée, précarisée, pour recréer du lien, du soutien, des formes modernes de communauté bienveillante ?

Cela suppose d'imaginer des solidarités nouvelles, inspirées des anciennes mais adaptées à notre époque, en généralisant les bonnes pratiques de certaines communes, comme « les grands frères et les grandes sœurs, ou encore les grands-parents d'adoption », appuyées sur des associations vaillantes.

Des maisons de la parentalité ouvertes à tous, accueillantes, non jugeantes, où les parents peuvent venir poser une question, souffler une heure, échanger avec d'autres, rencontrer des jeunes retraités volontaires.

Des réseaux de « mères veilleuses », « pères relais », grands-parents bénévoles, coordonnés par les mairies ou les CAF, présents dans les quartiers, formés à l'écoute, au soutien de proximité.

Des crèches familiales élargies, qui accueillent aussi les fratries, les parents, les temps de repas partagés.

Une action active de lutte contre la solitude des mères, notamment dans les zones rurales ou périurbaines isolées, y compris en les encourageant à se regrouper et à cohabiter.

Et surtout : une reconnaissance sociale et politique de l'acte d'éduquer. Non comme une tâche privée ou féminine subalterne, mais comme un acte civique majeur. Nulle part on n'apprend à être parent, alors que c'est de là que va naître le bien-grandir de l'enfant qui le fera échapper à la délinquance. La délinquance et la violence de plus en plus jeune ne sont-elles pas devenues un problème majeur ? D'où vient dès lors que l'éducation à la parentalité soit si faible, alors que les conseils en ce domaine peuvent être très efficaces ? J'avais encouragé en tant que ministre les écoles de parents, créé la semaine des parents à l'école, et au lycée, une éducation des lycéens à leur future parentalité, intégré dans le cahier de naissance des conseils de parentalité, créé le livret de paternité... intégrant les conseils d'une éducation non violente. On pourrait aussi imaginer que les médias, dans leurs temps publicitaires, insèrent des conseils de parentalité comme cela se fait dans certains pays nordiques qui intègrent également ces formations dans les préparations à la naissance, ce qui semble vraiment efficace.

Bien grandir comme bien commun

Cela peut paraître extravagant mais j'affirme que l'enfant n'est pas seulement un projet individuel, c'est un bien commun. Et c'est pourquoi, dans les politiques publiques, l'enjeu n'est pas seulement de « protéger » l'enfant au sens juridique. C'est aussi de soutenir ceux qui l'élèvent, de créer autour de lui une écologie de confiance, de proximité, de chaleur humaine. Et aussi les mettre devant leurs responsabilités.

Un enfant c'est tout un village, je l'ai dit. Cela implique donc une reconnaissance sociale et politique de l'acte d'éduquer.

Refaire du village un projet contemporain. Avec des formes nouvelles : institutionnelles, associatives, culturelles, sportives, environnementales. Un travail avec les municipalités qui ont souvent développé des trésors d'ingénierie humaine, trop souvent méconnus et qui mériteraient d'être mis en commun.

Chapitre 5

Génération anxieuse : comment éloigner cette anxiété ?

Lors d'une rencontre après un débat au printemps dernier, un élève de terminale est venu me parler à la fin. Il avait de bonnes notes, un projet d'études, une famille présente. Mais il m'a confié un peu gêné qu'il ne dormait presque plus.

Chaque soir, il passait des heures sur son téléphone à lire des articles et regarder des images dramatiques sur les guerres, les crises économiques et climatiques. Et les faits divers sordides dont les images surgissent sans les avoir demandées. « Je veux savoir ce qui se passe, m'a-t-il dit, mais plus je sais, plus j'ai peur. » Il ne parlait pas de peur pour lui seul, mais pour « après » : peur de ne pas trouver de travail, peur de ne pas pouvoir avoir d'enfants, peur que la planète ne soit plus vivable, peur des violences de toute nature.

Ce garçon de 17 ans, qui devrait avoir devant lui un horizon ouvert et serein, me décrivait un avenir comme on décrit un mur qui se rapproche. Et dans ses yeux, il y avait cette fatigue nouvelle que je vois chez beaucoup de jeunes : celle d'avoir grandi dans l'alerte permanente.

L'anxiété des jeunes, si cruellement niée pendant le confinement Covid, est enfin identifiée et reconnue, grâce à la mobilisation de la médecine de santé mentale qui crie son manque de moyens. On a même parlé de génération anxieuse.

Les suicides et les mutilations

L'augmentation alarmante des gestes suicidaires et des troubles alimentaires continue à progresser chez les mineurs, surtout chez les filles. Alors que l'offre de soin est saturée. Les professionnels de santé de l'enfance et de l'adolescence appellent en vain à une mobilisation collective.

2024 a connu une hausse massive des hospitalisations d'adolescentes et de jeunes femmes pour tentatives de suicide et d'automutilations, de plus de 22 % pour les 10 à 14 ans. Les femmes de 20 à 30 ans sont les plus représentées parmi les hospitalisations. Chez les hommes aussi les hospitalisations pour tentatives de suicide ont augmenté. La dégradation de la santé mentale s'est brutalement accentuée mais plus encore chez les femmes. Tous les mécanismes d'anxiété que l'on a vus plus haut pèsent plus lourdement sur les jeunes filles. Alors que l'on pensait qu'il y avait un mouvement de l'histoire continu d'amélioration, on se rend compte qu'il n'en est rien et que de nouvelles fragilités surgissent sans doute au contact des réseaux sociaux, avec ces modèles inatteignables ou ces peurs et dégoûts liés à la projection pornographique et aux images d'extrême violence, ou au formatage d'un physique irréalisable, et à la recrudescence des agressions sexuelles encouragées sur les réseaux.

Jamais une génération n'a été confrontée aussi jeune à un tel vertige depuis le confinement Covid

Celui du monde qui tremble. Celui du sens qui se dérobe. Celui de l'avenir qui se bouche. L'anxiété des enfants et des adolescents n'est pas un phénomène marginal, ni une fragilité passagère. C'est l'expression d'une faille massive. C'est un cri muet, traversant les visages calmes et les silences trop lourds. Ce cri, il n'est malheureusement pas entendu.

Car cette anxiété n'est pas née de rien. Elle est le fruit d'un enchaînement de décisions, d'aveuglements autoritaires, d'improvisations politiques, d'abandons affectifs. Elle commence par un choc. Un confinement. Une pandémie. Une réponse brutale à une menace réelle mais que d'autres pays ont géré plus humainement. Une organisation du monde adulte qui, pour se protéger lui-même, a enfermé les jeunes, les enfants, les adolescents, dans un huis clos asilaire. Ils les ont muselés. Isolés. Privés de liens, de rires, de mouvements. Et tout cela, au nom de leur sécurité. Alors qu'en les privant de toute vie sociale, ils les renvoyaient vers les réseaux et leur toxicité, quand ceux qui dirigeaient et décidaient de cet isolement mutilant avaient les moyens de protéger leurs enfants dans leurs résidences secondaires…

Mais de quelle sécurité s'agissait-il ? Celle de leur corps, peut-être (alors qu'ils n'étaient pas dans les populations à risque). Mais sûrement pas celle de leur esprit. Le cerveau adolescent a besoin de relation, de confrontation, d'altérité pour se développer. Les chercheurs et les neuropsychiatres l'ont dit : en isolant les jeunes, ils ont interrompu le travail fondamental du cerveau, celui qui apprend à reconnaître l'autre, à lire les visages, à moduler les émotions. Ce qu'ils ont appelé « mesures de protection » a, pour beaucoup d'entre eux, été vécu comme une agression psychique. Et le pire du pire : les biens culturels et les lieux sportifs classés comme non essentiels alors que les supermarchés et les métros fonctionnaient. C'était le moment au contraire de surcompenser par la culture, le sport et l'accès à la nature. Les ministres chargés de ces secteurs se sont tus, ont disparu, le pouvoir étant concentré entre les mains d'un comité d'experts (que des hommes) qui a disparu et n'a eu aucun compte à rendre.

Et pourtant, la jeunesse s'est tue. Elle a obéi. Elle a intériorisé. Mais aujourd'hui, la vague revient. Plus de 40 % des adolescents présentent des symptômes dépressifs. C'est le CNRS, en 2025, qui le dit. Cette réalité n'est plus discutable. Ce n'est pas une sensibilité excessive. C'est un effondrement silencieux.

La politique, dans sa manière de gouverner cette crise, a oublié l'essentiel. L'amour.

L'attention. La douceur dans la décision. L'anticipation des conséquences psychiques. La tendresse dans le choix des mots. L'explication. La gratitude. Les enfants ont dû porter seuls ce qu'aucun adulte ne leur avait expliqué. Et pendant que les Ehpad se vidaient dans une solitude déchirante, pendant que les hôpitaux, privés depuis des années de moyens, craquaient sous la tension, les adolescents et les enfants masqués, testés, privés d'école, le goupillon violent dans la narine, voyaient le monde adulte effondré. Et personne ne leur tenait la main.

Et puis il y a eu les révoltes sociales, gilets jaunes, retraites, violemment réprimées. Les jeunes ont vu d'autres jeunes se faire frapper, mutiler. Une police armée comme pour faire la guerre. Un préfet de police leur dit : nous ne sommes pas du même camp. Ils le savaient, ils le voyaient qu'ils n'étaient pas du même camp. Mais ils voyaient aussi que ces adultes négligents et féroces étaient plus immatures qu'eux.

Comment s'étonner alors que cette génération grandisse dans la peur ? D'autant que dès la fin du confinement la guerre en Ukraine, si près de nous, a éclaté, avec d'autres angoisses et des images terrifiantes. Mais alors se dirent-ils : ces adultes qui prétendent tout savoir ne sont pas capables d'empêcher les guerres, la dégradation humaine la plus terrible ? Celle que l'on a apprise à l'école comme étant un vestige du passé ? On nous a parlé du monde d'après et voilà que celui d'avant-avant revient ? Peur du monde, peur des autres, peur de soi parfois. Car l'anxiété ne vient jamais seule. Elle se nourrit d'un sentiment d'abandon, d'impuissance, d'incompréhension. Elle devient chronique quand l'environnement ne répond pas. Et aujourd'hui, les environnements des jeunes sont saturés de stress. Le climat d'information, les guerres, les violences, les faits divers, les drames en boucle... À cela s'ajoute la manière brutale dont on les oblige parfois à réagir : les minutes de silence pour des assassinats atroces imposées à tous, dès le plus jeune âge, sans distinction, sans accompagnement, les images glaçantes, les noms des victimes martelés, les visages des tueurs affichés. Qui a réfléchi à ce que ces pratiques provoquent chez un enfant de huit ans ? À la terreur que cela peut générer ? À la confusion entre le monde et le cauchemar ? Non aux minutes de silence dans les écoles, inventées par des adultes pour faire croire qu'ils agissent contre des assassinats atroces, alors même qu'ils sont incapables d'inventer la minute de beauté du monde.

Je crois à la vérité. Je crois aussi à la pudeur. Et à la délicatesse dans la transmission. Rien ne se construit dans la sidération. Tout se fige. Tout se referme. Or, pour apaiser un enfant, il ne suffit pas de lui dire de ne pas avoir peur. Il faut lui montrer qu'on est là. Qu'on comprend. Qu'il n'est pas seul. Il faut pouvoir lui dire : tu es protégé, tu as bien fait de parler, tu n'es pas coupable. Et lui rappeler, surtout, que le monde n'est pas fait que de violence, mais aussi de bonté. Et que, souvent, la méchanceté fait plus de bruit que la gentillesse. Et lui trouver des actions et des situations réconfortantes. La parenthèse des exploits sportifs des Jeux olympiques a fait du bien. Mais personne n'a compris pourquoi la rediffusion des compétitions a cessé à la fin des Jeux. Le service public aurait dû maintenir des plages de diffusion; ce n'est pas trop tard.

Cette anxiété généralisée prend des formes multiples

Elle peut être intrusive, quand les images reviennent sans cesse. Elle peut se transformer en évitement, quand l'enfant se ferme, s'endurcit, se montre indifférent. Elle peut devenir physique : douleurs, migraines, troubles du sommeil, palpitations, crises d'angoisse. Elle peut, enfin, se transformer en silence absolu.

À cela s'ajoutent les inquiétudes sur l'avenir. L'angoisse climatique. L'impression d'un monde qui se dérobe. La peur d'un futur invivable, d'une planète abîmée, d'une société injuste. 75 % des jeunes disent redouter l'avenir à cause du réchauffement climatique. Ce n'est pas une opinion. C'est une donnée. Et cette éco-anxiété, souvent moquée, est une conscience lucide. J'y reviendrai.

L'anxiété des jeunes c'est aussi leur précarité

Mais comment peut-on leur demander d'espérer, si la politique ne fait rien ? Comment peuvent-ils croire à la justice sociale, quand 27 % des jeunes adultes vivent sous le seuil de pauvreté ? Quand l'accès à un emploi stable devient un privilège ? Quand les loyers explosent, que les diplômes ne garantissent plus rien, et que la société donne le sentiment de tourner sans eux ?

À cette précarité sociale s'ajoute une autre violence : celle des réseaux sociaux. Le monde numérique devait ouvrir des horizons. Il a surtout ouvert des blessures. La mise en scène permanente de vies parfaites, d'images illusoires et de corps redessinés, d'existences filtrées, a ravagé l'estime de soi. Les jeunes, et surtout les jeunes filles, subissent une pression esthétique insoutenable. Leur intimité est exposée, leur vulnérabilité exploitée. Les cyberviolences les frappent au moment même où elles sont le plus fragiles. C'est une forme de cruauté invisible. Une violence soi-disant douce, continue, mais implacable.

Ils étaient censés permettre de se connecter au monde pour le meilleur. Ils ont souvent isolé les cœurs. Ils offrent un miroir qui déforme, juge, abîme.

La beauté y est filtrée, la réussite y est mise en scène, la comparaison y est permanente. C'est un monde où l'estime de soi fond comme neige au soleil. Une étude britannique l'avait déjà montré en 2017 : Instagram était alors classé réseau social le plus toxique pour la santé mentale.

Aujourd'hui, le lien entre réseaux sociaux et dépression, troubles alimentaires ou suicide n'est plus à démontrer. Ce n'est pas une opinion. C'est un fait

Et que font-ils ? Ils détournent le regard. Laissent faire. Alors que les solutions existent. Il faudrait simplement interdire l'accès à ces plateformes avant l'âge du discernement. Fixer une majorité numérique à 15 ou 16 ans. Aider les parents à encadrer. Et, surtout, leur rappeler qu'offrir un téléphone portable n'est pas un acte banal. C'est un engagement éducatif.

Un enfant a-t-il besoin d'un smartphone à dix ans ? Non. S'il faut un téléphone pour sa sécurité, un modèle simple suffit. Et si l'on décide malgré tout de lui offrir un appareil connecté, alors il faut le paramétrer, le contrôler, accompagner l'enfant. C'est cela, l'autorité bienveillante. Dire : je te fais confiance, mais je veille. Je t'accompagne. Je t'apprends.

Et surtout : montrer l'exemple.

Car un enfant qui voit ses parents absorbés par leur téléphone en déduira une chose simple : ce monde virtuel est plus important que lui. Et ce sentiment d'abandon peut faire des ravages. Sans parler de l'effet d'imitation.

Nous le savons tous : plus nous sommes connectés, moins nous sommes en lien. En France, un jeune sur dix affirme n'avoir personne à qui se confier. Ce n'est pas une statistique. C'est une tragédie.

L'Université, elle aussi, devient un facteur d'anxiété. La pression des notes, la compétition, les évaluations permanentes, le système Parcoursup, l'exigence de réussite dans un monde incertain provoquent des épuisements précoces. Le burn-out frappe désormais les lycéens, les étudiants, les adolescents en quête de soutiens. Alors qu'avant c'était la période la plus joyeuse et insouciante de la vie.

Et dans le même temps, les structures de soins sont défaillantes. Les familles, souvent éclatées. Les services de pédopsychiatrie saturés. Les délais pour un rendez-vous interminables. La stigmatisation, omniprésente. La santé mentale est le parent pauvre du système de santé. Et les jeunes le paient de leur silence. De leur manque de sommeil. De leur isolement. De leur souffrance. De leur mort.

Il faut une révolution du soin. Une révolution de la bienveillance. Une révolution de l'écoute. Il faut, à nouveau, oser parler d'amour dans les politiques publiques. D'amour de la jeunesse. D'amour de l'avenir.

Car, face à cette anxiété, les réponses existent. Elles sont connues. Il faut redonner du pouvoir aux jeunes, leur offrir des lieux d'écoute, des espaces de création, des opportunités d'engagement. Il faut réintroduire la beauté dans leur quotidien : l'art, le sport, la nature, la parole libre. Il faut leur dire qu'ils comptent. Qu'ils sont capables. Qu'ils peuvent transformer le monde.

Par exemple, au lieu de confisquer et de broyer les motos des rodéos, et de renvoyer les jeunes vers la délinquance et le trafic de drogue, n'y a-t-il pas moyen de les encadrer sur des circuits vacants ou des espaces désaffectés sans nuisances et sans risque pour les autres ? Avec leur passion, leur savoir-faire et des formations professionnelles dans les métiers liés aux activités des garages qui ne trouvent plus de salariés ni d'apprentis. A-t-on seulement recherché ? Non. Rien que la brutalité de la répression sans solution alternative.

Et surtout, il faut leur transmettre la joie. Une joie simple, profonde, indéracinable. Une joie qui se construit dans la tendresse, dans la confiance, dans le sentiment d'être accueilli tel que l'on est. C'est cela, la mission des adultes aujourd'hui. Garder les enfants contre l'angoisse. Leur offrir la paix. Et leur rappeler que, quoi qu'il arrive, ils ne sont pas seuls.

Quand la précarité étouffe les élans. Le déclassement : un poison lent

Comment bâtir un projet d'avenir lorsque l'horizon semble barré dès le départ ? Comment espérer si l'on a l'impression de commencer la vie avec plusieurs handicaps économiques, sociaux, émotionnels ? C'est ce que vivent nombre de jeunes aujourd'hui.

27 % des 18-24 ans vivent sous le seuil de pauvreté. Ce chiffre devrait faire trembler l'État. Car il dit l'essentiel : une société qui néglige ses jeunes se condamne elle-même.

Accéder à un logement digne devient un parcours du combattant. Obtenir un emploi stable, un CDI, relève presque de l'exception. Et tout cela se fait dans le silence assourdissant d'un système qui ne semble plus croire en sa jeunesse.

L'angoisse de l'endettement

Dans d'autres pays, les étudiants portent le poids de dettes considérables. En France, ce n'est pas encore le cas. Mais les taux montent, les aides stagnent, et les loyers flambent. L'autonomie devient un luxe. L'éducation, un parcours de résistance. Il faut revoir tout cela.

La suite : vers un apaisement collectif

Cette jeunesse abîmée, nous ne pouvons pas la laisser seule face à ses tourments. Elle réclame de l'écoute, du soin, de la justice. Elle attend une société qui se réorganise autour d'elle. Elle appelle au secours, sans toujours le dire. Ce qui est en jeu ici, ce n'est pas seulement l'équilibre personnel des jeunes. C'est la stabilité de notre démocratie. Car une génération anxieuse, désorientée, en rupture de confiance, devient aussi une génération en rupture de projet commun.

Il faudra une mobilisation inédite. Une solidarité restaurée. Une réparation politique, éducative, culturelle.

Et cette réparation doit commencer par un geste simple, mais radical : prendre soin. Prendre soin des enfants, des adolescents, de leurs émotions, de leurs doutes, de leurs colères. C'est cela, présider avec humanité et efficacité. C'est cela, refuser l'anxiété du monde pour la génération des adultes en devenir.

Chapitre 6

Comment les protéger des violences sexuelles ?

Toute ma vie je n'ai cessé d'agir contre les violences faites aux enfants et aux jeunes. J'ai un tel dégoût pour les prédateurs, la plupart chargés de responsabilités éducatives, dans la famille ou dans les institutions éducatives et sportives, ce qui fait des enfants des proies faciles et silencieuses, douloureusement sous emprise.

Rappelons qu'un enfant sur dix est victime d'abus sexuels qui vont de l'attouchement au viol. Et une petite fille sur cinq. C'est considérable. Cela prouve une impunité effarante. Dont beaucoup dans la famille et dans les institutions chargées de les protéger : sport, écoles, loisirs, quartiers. Le mouvement MeToo a levé une partie de la chape de plomb. La plupart du temps il s'agit de ces « Monsieur-Tout-le-monde », parfois ces « bons grands-pères, oncles, cousins, pères, beaux-pères », ces « bons » encadrants ou animateurs sportifs, ces internats dits éducatifs où les enfants sont livrés à des pédocriminels qui assurent qu'ils vont se comporter en « bons pères de famille » (qu'ils n'ont jamais été). Et tellement de souffrances et de suicides chez les enfants et les adolescents, pas assez souvent élucidés. Et en face tellement de mollesse dans la volonté politique, comme si c'était un sujet secondaire.

Je sais que l'on peut éradiquer ce fléau, même si cela paraît utopique. En empêchant le passage à l'acte parce que l'enfant va parler et donc faire peur à son agresseur.

Emmanuelle Béart, victime de viols à l'adolescence, il y a quelques mois disait : « Si seulement j'avais rencontré dans mon enfance ou adolescence un seul adulte qui m'ait dit : "Ton corps t'appartient, tu as le droit de dire non. Personne, même quelqu'un que tu connais et que tu aimes bien, n'a le droit de te toucher si ça te gêne, personne n'a le droit de t'embrasser si ça te gêne, personne n'a le droit de toucher ni même de regarder tes fesses ou ton sexe, même si c'est quelqu'un que tu aimes bien et qui te dit que c'est pour jouer et que tout le monde fait ça", alors j'aurais été informée au lieu d'être une proie en état de sidération. »

Ça m'a bouleversée car c'est vrai pour les dizaines de milliers d'enfants et d'adolescents victimes : ne pas savoir que ça existe et donc être dans une extrême vulnérabilité. On éduque les enfants contre les risques quotidiens, par exemple regarder avant de traverser la route, alors il faut aussi simplement éduquer à ce danger d'abus sexuels. Pour les éradiquer en faisant définitivement changer la peur de camp. Voici comment.

Ma mère nous avait parlé et mis en garde. C'est sans doute ce qui m'a permis d'échapper aux tentatives d'agressions sexuelles, même si je réalise que j'en reste marquée (une tentative est en fait déjà une agression) puisque je revois distinctement les visages et les lieux toujours présents dans ma mémoire. C'est pour cela sans doute que je comprends le traumatisme des victimes qui ont subi des agressions bien plus graves. Oui, grâce à cette mise en garde maternelle, j'ai pu échapper à un voisin qui embrassait goulûment et dégueulassement les enfants à l'âge de l'école primaire. Grâce à elle aussi que j'ai trouvé le courage en classe de 6e, de dire et de me reculer, en tremblant, lors de la visite médicale, au médecin : vous n'avez pas le droit. L'angoisse s'était répandue parmi les petites filles. Je nous revois regroupées et tremblantes en attendant notre tour d'entrer dans la pièce de la visite médicale car les élèves de 5e nous avaient prévenues. Lors de la visite médicale, cet homme descendait les petites culottes, regardait, et pour certaines petites filles touchait. Plus tard, changer illico de compartiment de train en cas de comportement glauque. En train de nuit, à l'âge du lycée, j'eus la peur de ma vie en me réveillant, une main se baladant sur moi : un homme était venu s'allonger sur ma couchette. Dans le noir, je bondis de peur, réveillai ma copine sur la couchette au-dessus, et on a fini le trajet enfermées dans les toilettes. Échapper aussi à un professeur de Sciences Po (eh oui), lequel, se « préoccupant de la façon dont l'élève très brillante mais boursière provinciale bouclait ses fins de mois », me convoqua dans son bureau pour m'offrir « un travail complémentaire » de « recherches pour son cours ». J'étais contente. Mais quand il se leva brusquement, fit le tour de son bureau, passa derrière moi et commença à me masser la nuque, je m'entends lui dire : « enlève tes sales pattes », me levant et sortant. Dégoût, déception.

Donc être averti, c'est efficace. Car cela permet l'autodéfense. Je l'ai fait avec mes enfants évidemment.

Et je n'ai pas pensé qu'aux miens, j'ai tout fait pour le dire à tous les enfants et tous les parents, quand j'ai diffusé comme ministre de l'Enseignement scolaire dans toutes les classes le petit livre dessiné : *Mon corps c'est mon corps j'ai le droit de dire non*, avec le guide pratique pour les enseignants en maternelle, primaire et au collège. J'étais allée au Canada au ministère de l'Éducation, pionnier mondial en ce domaine, pour rapporter ces outils pédagogiques. On avait commencé à éradiquer ce fléau en libérant la parole et en dissuadant le passage à l'acte. Les recteurs que j'avais mobilisés et les chefs d'établissement ont été formidables, heureux d'avoir enfin ce mode d'emploi clair. Pendant deux ans tout a bien fonctionné. De mémoire, la parole de plus de 300 enfants a été libérée. Mon successeur a tout cassé et tout supprimé au nom du « risque de suspicion », vieille rengaine de ceux qui considèrent que ce problème n'est pas « de leur niveau ». Or si l'enfant devient acteur de sa protection, c'est plus difficile pour le prédateur de passer à l'acte. C'est le principe de base. Voici quelques outils :

Prévention : ce qu'il faut dire à un enfant / adolescent

« Ton corps c'est ton corps. »

« Tu as le droit de dire non à ce qui te gêne. Personne n'a le droit de te toucher, de t'embrasser si ça te gêne. Personne n'a le droit de regarder ou de toucher tes fesses ou ton sexe. » Demandez-lui de temps en temps comment ça se passe quand il faut aller aux toilettes. Qui l'accompagne ?

« Même si c'est quelqu'un que tu aimes bien. Et tu dois en parler, on va te croire et te protéger. Personne n'a le droit de te chatouiller. » (les attouchements commencent souvent sur les petits enfants par des chatouilles)

« Et toi tu ne le fais pas non plus à un autre enfant. Tu dis non si on te pousse à le faire, et tu aides la victime. »

Les 5 mots à dire à une victime qui se confie

1/ « Je te crois. » (confiance)

2/ « Je suis désolé de ce qui est arrivé. » (compassion)

3/ « Ce n'est pas de ta faute. » (le prédateur culpabilise l'enfant)

4/ « Je vais te protéger, il ne te fera plus de mal. » (protection)

5/ « Tu as bien fait de parler. » (c'est difficile mais ça va protéger d'autres enfants)

Lorsque j'ai témoigné devant la commission d'enquête parlementaire sur les violences sexuelles au sein de Bétharram, j'ai raconté ce que j'avais vu, entendu et compris en tant que ministre de l'Enseignement scolaire puis ministre de l'Enfance : l'omerta organisée, le déni, les complicités par passivité. Les regards qui se détournaient, les plaintes restées lettre morte. Ceux qui savaient mais qui regardaient ailleurs parce qu'un adulte coupable qui va se défendre, c'est plus compliqué à gérer qu'un enfant innocent qui va finir par se taire, voire se suicider, ou bien, disaient certains, pour se rassurer, oublier. Et puis ceux et surtout celles qui se lèvent et qui parlent pour les victimes, parce qu'elles ne pourraient pas bien vivre avec leur conscience.

Et on leur dit, comme on m'a dit quand je défendais les enfants victimes de pédophiles ou les victimes de bizutage dans les institutions respectables : mais t'es sûre qu'il faut s'embêter avec ça ? Qu'est-ce que t'as à y gagner ?

Ah ! ce terrible et lancinant critère d'action et de paroles de tant de « responsables » politiques : mais laisse tomber, qu'est-ce que t'as à y gagner ? Et la phrase suivante, molle et répugnante : tu ne vas t'attirer que des ennuis.

Rien à y gagner, justement. Personne n'a su que j'avais accompagné les petites victimes jusqu'au tribunal de Niort. Ni que j'avais réfléchi avec les parents pour savoir si des enfants avaient mis fin à leurs jours, sans que soit déclenchée la moindre enquête. Oui, deux enfants avaient mis fin à leurs jours. Les plus démunis pour se défendre : ils étaient placés en famille d'accueil. Salopards de prédateurs.

Je n'oublierai jamais cette maman, aux traits ravagés par la fatigue et la peine, me disant : vous êtes la première qui nous croit. Depuis des années, l'instituteur à Sauzé-Vaussais emmenait certains élèves, les plus fragiles, au fond de la classe pour leur « expliquer » et en fait leur mettait la main dans la culotte pour les tripoter. Filles et garçons. Et personne ne comprenait pourquoi depuis des années, cinq ou six ans, les enfants venaient à l'école avec des ceintures très très serrées autour de la taille, dérisoire tentative de résister au prédateur. Et personne n'avait remarqué que c'était dans la même classe. Il y eut plus grave car il emmenait les enfants chez lui pour « travailler », les parents modestes ou les familles fragiles trop reconnaissantes et le payant en produits des fermes. Le prédateur était devenu un notable local, associatif, conseiller à la mairie et tout ce qu'il faut. Soutenu par tous. Les enfants et les parents n'avaient pas été crus. Les parents avaient même été renvoyés en expertise psychiatrique. Jusqu'à ce jour où une maman vient me voir à ma permanence de députée des Deux-Sèvres. Bien sûr que je l'ai crue. J'ai appelé le maire, l'institutrice de la seconde classe qui s'est effondrée car elle avait des doutes et n'avait rien dit. Le procès a eu lieu, je suis allée au tribunal accompagner les familles. Ne jamais lâcher. Le prédateur, en raison de la peur de la sanction et de la honte de la vérité mise à jour, s'est suicidé en cours de procès (la hantise de toutes les institutions), car il comparaissait libre. Les enfants ont en plus porté le poids de ça, été privés de réparation morale, mais leur parole s'est libérée. Je revois encore leurs pauvres visages.

C'est de ce constat qu'est rédigée, en 1997, grâce au travail de Jean-Michel Hayat, le juge de mon équipe, la circulaire que j'ai signée comme ministre déléguée à l'Enseignement scolaire, comme je l'ai expliqué devant la commission d'enquête (que l'on peut regarder sur le site de l'Assemblée nationale) où pour la première fois on parle clairement de pédophilie, d'atteintes sexuelles et de viols, et donne la marche à suivre. J'y rappelais que la priorité absolue, au-delà de toute considération hiérarchique ou administrative, était la protection immédiate de l'enfant. Je ne voulais plus qu'aucun chef d'établissement, qu'aucun fonctionnaire, ne puisse dire qu'il ne savait pas comment agir. La circulaire posait un principe simple et juste : on doit signaler tout soupçon de violence, qu'elle soit physique, psychologique ou sexuelle, sans se cacher derrière l'attente d'un procès. Car dans ces cas-là, attendre, c'est déjà trahir. Et la suspension administrative immédiate de l'auteur des faits est une protection, pour le bon déroulement de l'enquête.

Je pourrais faire d'autres récits, comme cet élu local m'avouant avoir été régulièrement violé en internat de classe de troisième de la section sport-études du collège-lycée de Poitiers. Je l'ai aidé à porter plainte et à suivre une thérapie, ça l'a soulagé. Il n'arrivait pas à embrasser ses enfants…

Devant la commission d'enquête sur Bétharram, j'ai dit ces mots : « Quand un enfant parle, il dit toujours la vérité de sa douleur. Et quand il se tait, c'est souvent que la peur l'a bâillonné. Notre responsabilité, c'est de savoir entendre ce qui n'est pas dit, ou tellement ténu au départ. »

Bétharram est une monstruosité ; ce n'est pas une anomalie, hélas. C'est le miroir des lâchetés. Et c'est ce miroir que nous devons briser pour répondre à cette question essentielle : comment protéger enfin les enfants des violences psychologiques, physiques et sexuelles ?

On a glorifié longtemps la *gestion en bon père de famille*. Mais cette formule, en apparence anodine, a servi à couvrir bien des abus : violences dans les foyers, et dans les institutions, silence imposé aux femmes victimes de violence, souffrance muette des enfants. Elle a été le masque rassurant d'un modèle qui permet la répression de la parole[1]. Et aujourd'hui,

1. Rose Lamy, *En bons pères de famille*, Lattès, 2023.

on en est, pour ce qui concerne l'inceste, dans la même situation qu'avant MeToo. La parole des mères mises en doute, soupçonnées de manipulation, face à un homme qui, devant policiers et magistrats, joue sans difficulté le « bon père de famille » (ou grand-père ou oncle) et le crime est tellement odieux qu'il est ignoré dans une sorte d'autoprotection inconsciente.

« Bon père de famille », c'est avec ce concept aussi qu'ont eu lieu les abandons parentaux, laissant les enfants aux mains des éducateurs d'internats privés ou publics, qui font croire qu'il ne faut pas interférer pour ne pas saper leur autorité. Viols, maltraitances, abus de toutes sortes couverts par leur promesse de se comporter en « bons pères de famille », mot magique pour les prédateurs. C'est ce mot aussi qui est utilisé par ceux qui frappent les enfants alors qu'il s'agit là d'un comportement contraire au principe éducatif.

Il ne s'agit pas seulement de sanctionner les coupables. Il s'agit de bâtir une société où le doute ne profite plus au silence, où la protection de l'enfance est considérée comme une priorité nationale, et où la parole des enfants n'est plus jamais étouffée par des considérations d'image, d'autorité ou de réputation.

Ce qu'il faut comprendre c'est que confier des enfants à un adulte, a fortiori à un adulte sans expérience contrôlable à ce sujet, comme dans les internats religieux, les clubs sportifs, les centres de loisirs ou colonies de vacances, c'est lui donner un pouvoir considérable. Il faut des contre-pouvoirs : contrôles, audition régulière des enfants, fonctionnement par binôme, et à notre époque, tous les lieux d'accueil des enfants devraient être équipés de caméras. Il y a des caméras dans tous les parkings et dans les couloirs d'hôtel, et pas dans les crèches, les classes, les cours de récréation, les hôpitaux, les lieux d'entraînement sportif, où traînent aussi les prédateurs, dans les lieux sensibles où sont confiés nos enfants ? Ce serait très dissuasif et donc très protecteur.

Refuser la banalisation

Ce qui révolte encore, c'est l'aptitude tranquille avec laquelle certains minimisent les violences subies par les enfants. On parle de « débordement », de « maladresse », de « situation complexe ». Mais ce sont les faits qui sont insupportables, pas les mots qui les désignent.

Combien de fois ai-je entendu : « Ce n'est pas si grave », « Il a mal interprété », « Ce n'est qu'un jeu entre enfants »... Ces petites phrases invalident la perception de la victime, elles diluent la responsabilité dans un flou moral confortable. C'est la banalisation du mal.

Les violences contre les enfants ne sont pas des accidents. Elles sont rendues possibles par un système d'aveuglement, de déni, de négligence. Et, plus grave encore, par une culture de l'impunité. Quand un adulte agresse un enfant et qu'il ne se passe rien, c'est un signal envoyé à tous les autres : vous pouvez continuer.

Refuser la banalisation, c'est refuser que l'autorité serve de couverture à la maltraitance. C'est proposer que chaque enfant ait un adulte référent, formé, indépendant, vers qui se tourner. Un droit au recours humain, qui rompt l'isolement.

Il faudrait que toute structure accueillant des enfants et des adolescents mette en place un plan de vigilance contre les violences, et que tout professionnel en contact avec des mineurs reçoive une formation obligatoire au repérage et au signalement. L'enfant doit être entendu dans toute procédure le concernant, dès qu'il est en âge de s'exprimer.

Respect du corps, mode d'emploi

Il y a deux types de violences : les violences en milieu familial, les plus nombreuses et les plus difficiles à signaler, et celles commises en dehors (école, sport, quartier). Violence répétée, verbale, physique et psychologique par un autre élève ou un groupe d'autres élèves, ou par un adulte de l'établissement scolaire ou du club de sport ou du quartier.

Les ravages sur l'enfant

Maladies, échec scolaire, violence, agressivité, troubles du comportement, troubles alimentaires, mutilations, suicides.

Comment l'institution, école, club de sport, se protège ?

« Il doit avoir des problèmes par ailleurs » ; « Les élèves qu'il dénonce sont de bons élèves. »

Solitude des victimes : « On ne va pas perturber tout le monde. »

Comment les auteurs de harcèlement, racket, bizutage, se protègent ?

Ils se mettent à jouer les victimes : « C'était un jeu »; ils pleurnichent : « On ne sait pas que ça lui faisait quelque chose »; « Il a rien dit ». Et systématiquement au cours du procès, pour amadouer juges et jurés : « Moi aussi j'ai été abusé sexuellement »...

Pour le bizutage, parfois mortel, ils disent : « Ça s'est toujours fait », « C'est facultatif ».

Les sanctions contre les auteurs de bizutage

J'ai fait voter la loi d'interdiction du bizutage. Je rappelle, parce que hélas il revient régulièrement, que la loi réprime le bizutage même si la personne est « consentante » :

6 mois de prison; 12 mois de prison si la victime est une personne vulnérable; 10 ans de prison en cas de violence, menace, atteintes sexuelles.

Les témoins inactifs ou les encadrants qui ont laissé faire sont considérés comme complices.

Les sanctions prévues par la loi pour harcèlement scolaire et racket

Sanctions disciplinaires : avertissement, blâme, exclusion temporaire, exclusion définitive. Suspension immédiate dès qu'il y a plainte ou constat des faits.

L'éducation nationale doit faire cesser immédiatement le harcèlement : c'est le droit à la sécurité; la victime et sa famille doivent être informées.

Sanctions pénales : auteur mineur : de 1 an et demi à 5 ans de prison selon la gravité des faits. Si le harceleur a moins de 13 ans : mesures éducatives, juge pour enfants.

Qu'est-ce que le harcèlement ?

Une violence répétée qui peut être : verbale, physique, sexuelle, avec racket envers un élève qui n'arrive pas à se défendre, enfant ou adolescent vulnérable par son aspect physique, son handicap, sa situation familiale, son allure...

Harceleurs et harcelés : ils représentent entre 10 à 20 % des élèves. Il y a les meneurs, les suiveurs et les victimes.

Les auteurs, quand ils sont jeunes, sont peut-être eux-mêmes victimes de violence, peut-être dans la famille. Il faut donc éviter la répression immédiate mais faire appel à un psychologue pour identifier vite les causes de la violence d'un enfant avant qu'elle ne monte en gravité.

Pourquoi est-ce difficile de parler des violences en milieu scolaire pour les victimes ?

Signe de faiblesse : « Pourquoi tu ne te défends pas ? »; honte d'être différent; pression du groupe : tout enfant a envie d'être intégré au groupe et pas isolé ou exclu; apparence du « jeu ».

Comment traiter la question des violences sexuelles :

Écouter : souvent une petite phrase, dite sans insister; savoir s'arrêter et se mettre à l'écoute, ne pas continuer son activité comme si de rien n'était car le cerveau se ferme face à une vérité insupportable.

Les mots à ne jamais dire à un enfant, adolescent, adulte qui se confie :

« Tu es sûr ? »

« Tu ne te fais pas d'idées ? »
« C'était pour jouer. »
« Pourquoi tu n'as rien dit avant ? »
« Pourquoi tu n'as pas dit non ? »

Comment les prédateurs installent l'emprise ?

Cadeaux, services rendus, compliments, aide scolaire, activités, amitié avec les parents. Puis entrée dans la sphère intime, l'enfant étant devenu confiant et sans défense.

« C'est notre secret », « Si tu parles on ne te croira pas », « Tout le monde fait ça », « Je vais me suicider », « Tu vas faire de la peine à tes parents ».

Quand il est interpellé et interrogé, le prédateur s'effondre, pleurniche, joue les victimes, menace de se suicider.

Le prédateur n'en a pas l'air, mais c'est un manipulateur pervers. Argument devant le tribunal : lui aussi aurait subi des agressions sexuelles…

Les sanctions pénales

20 ans de réclusion criminelle pour un viol sur mineur.

10 ans de prison et 150 000 euros d'amende pour les agressions sexuelles sur mineur autres que le viol.

Non-dénonciation du crime ou délit : 3 ans de prison et 45 000 euros d'amende pour les témoins qui n'ont rien dit.

En résumé, l'enfance n'est pas une parenthèse décorative de la vie et le corps de l'enfant, son sexe, ne sont pas des jouets. Un enfant, même si c'est le vôtre, n'est ni un jouet que l'on manipule à sa guise ni un adulte miniature doté de tous les pouvoirs ; il est un être en croissance, porteur de droits inaliénables et d'une seule obligation : apprendre à devenir lui-même dans la paix. Son premier droit est donc de vivre une enfance heureuse, respectée dans son corps comme dans son esprit, protégée aussi dans ce temps précieux où doivent s'enraciner le bien-être, la confiance et la non-violence.

Pourtant deux univers parallèles continuent de ronger leurs promesses. Le premier, le plus secret, se cache derrière les portes du foyer ; c'est la violence intrafamiliale, si redoutable parce qu'elle se dissimule sous l'amour supposé. Le second agit au grand jour : dans la cour d'école, le vestiaire du club de sport, la cage d'escalier du quartier, partout où un rapport de domination peut se déployer. Là, le harcèlement se fait insulte, menace, bousculade, racket, répétition obsessionnelle d'une humiliation qui isole la victime jusqu'à lui faire croire qu'elle mérite son sort.

J'appelle donc chacun, parents, enseignants, éducateurs, responsables associatifs, élus locaux, à unir leurs forces. Protéger l'enfance n'est pas une option. Nous ne bâtirons jamais une société apaisée si nous laissons se perpétuer, dans l'ombre, des atteintes aussi destructrices. À chaque échelon de la chaîne éducative, sociale, judiciaire, il faut que la vigilance soit active, que la loi soit appliquée, que la solidarité soit visible. Alors seulement nous pourrons répondre sans trembler à cette question qui serre le cœur : qui va protéger les enfants ? La réponse doit être unanime : nous tous, par l'écoute, la parole, le changement de camp de la peur.

Le même raisonnement s'applique aux violences faites aux femmes…

Partie II

Se construire

Chapitre 1

Pour un ordre générationnel juste : ne pas leur laisser de dettes

Il est une vérité que fuient de nombreux responsables politiques, parce qu'elle dérange, parce qu'elle oblige, parce qu'elle expose l'incohérence de tant de discours rassurants : la société vit à crédit sur le dos des jeunes et de leurs enfants après eux si rien n'est fait. Et ce ne sont pas seulement les chiffres comptables qui doivent nous alarmer, bien qu'ils soient déjà accablants, c'est la conception même du progrès, de la responsabilité publique et de la transmission, qui se trouve aujourd'hui détournée, trahie même.

L'argent public semble s'être affranchi de toute mémoire, de toute logique intergénérationnelle. Il coule à flots pour les marchés financiers, pour des niches fiscales inefficaces, pour des politiques de chèques qui ont remplacé les mécanismes infraudables (comme le tarif social de l'électricité remplacé par le chèque énergie) et pour les certificats d'économie d'énergie qui ont remplacé, aléatoires et fraudés, les politiques structurelles de baisse d'impôts pour les travaux d'économies d'énergie, que j'avais mises en place avec des équipes compétentes, au ministère de l'Environnement et de l'Énergie... Mais quand il s'agit d'investir durablement dans la jeunesse, dans l'école, dans la prévention sanitaire, dans la transition écologique, soudain, ils évoquent la dette, ils font peur pour pouvoir accabler ceux qui peuvent le moins réagir.

Quelle ironie tragique ! Ils créent une dette que l'on justifie par la nécessité de relancer l'économie, mais sans jamais s'assurer que cette relance sert vraiment l'intérêt général. Ils creusent des déficits pour préserver un modèle de consommation épuisé, au lieu d'inventer un modèle nouveau, plus sobre, plus équitable, plus tourné vers l'avenir. Ils empruntent pour alimenter le présent... tout en hypothéquant l'avenir. Ils suppriment les contributions des plus riches en espérant un ruissellement sur tous les autres, mais on n'a que des petits ruisseaux asséchés. (Sans doute le réchauffement climatique...)

Et cette dette n'est pas seulement financière, elle est aussi sociale, écologique, démocratique, éducative, sanitaire

Qui paiera ? Ce ne seront pas ceux qui, à la tête des grandes entreprises mondialisées, délocalisent les profits et mutualisent les pertes. Ce ne seront pas non plus ceux qui se sont abrités derrière des paradis fiscaux pendant que la solidarité s'effondrait. Ce seront les nouvelles générations. Ceux qui n'ont rien demandé, mais à qui l'on transmet un monde cabossé, injuste, fragile.

Mais cette dette-là, les jeunes ne l'acceptent pas en silence. Ils la voient. Ils la vivent. Ils la dénoncent. Ils demandent des comptes. Et ils ont raison.

Ils savent, eux, ce que leurs prédécesseurs ne veulent pas voir, que l'avenir ne pourra pas être une reconduction du passé. Ils réclament des choix cohérents : un État qui protège, mais sans opprimer; une économie qui crée de la valeur, mais sans détruire les liens humains ni les ressources naturelles; une école qui libère, plutôt qu'elle ne trie. Ils veulent du sens, de l'équité, de la vérité. C'est la condition pour leur demander en échange de l'effort et de la morale.

Ce que nous devons faire, désormais, c'est reconnaître cette dette et y répondre, non par des mots, mais par des actes, efficaces et justes.

Cela suppose de revoir nos priorités budgétaires. De sortir d'une logique court-termiste dictée par les marchés. D'oser décourager ce qui pollue, ce qui spécule, ce qui abîme. De mettre en place une véritable gouvernance intergénérationnelle, où chaque décision publique serait évaluée à l'aune de son impact sur les générations futures. De sanctuariser les dépenses d'avenir : éducation, formation professionnelle, santé, transition énergétique, culture, démocratie, tout en améliorant son organisation et son efficacité.

Cela suppose aussi de réhabiliter la vertu politique : le sens du temps long, du courage, du respect de la parole donnée. C'est cela, l'ordre juste entre les générations. Leur rendre ce qui leur a été pris.

Non pas en paroles. Mais en action, en engagement

Il est des questions qui claquent comme des alertes, des injonctions morales, des signaux de conscience dans le vacarme de l'actualité.

« Mais qui va rembourser la dette qu'on laisse aux jeunes générations ? »

Cette question n'est pas seulement budgétaire. Elle est éthique. Elle engage notre responsabilité de femmes et d'hommes politiques, de parents, d'éducateurs, de citoyens. Elle appelle une révolution des priorités, une refondation du pacte républicain, un sursaut d'humanité.

Une dette triple : financière, écologique, morale

Pendant des décennies, nous avons agi comme si les ressources étaient infinies, comme si les équilibres naturels pouvaient être indéfiniment malmenés, comme si l'on pouvait reporter à demain les conséquences des choix faits aujourd'hui. Mais demain est arrivé. Il a le visage inquiet de la jeunesse. Il a les traits de cette génération que nous prétendons aimer, mais à qui sont transmis une planète abîmée, un contrat social fracturé, une démocratie fragilisée.

Commençons par la dette financière.

En France, la dette publique avoisine les 3 200 milliards d'euros, soit près de 110 % du PIB. Chaque enfant qui naît dans notre pays arrive déjà « débiteur » d'une somme qu'il n'a jamais choisie, et qui lui sera pourtant opposable. Bien sûr, toutes les dettes ne sont pas mauvaises, certaines sont investies dans l'avenir, dans l'éducation, dans la santé, dans la transition énergétique. Mais trop souvent, elles servent à combler des déficits structurels, à compenser une politique fiscale injuste, à rattraper les erreurs d'un système qui refuse de se remettre en cause.

Ensuite, la dette écologique, qui est sans doute la plus grave, car elle est irréversible. Si le climat était une banque, il y a longtemps qu'il aurait été sauvé.

Nous l'avions déjà dit à la COP21, si toute l'humanité vivait comme les pays développés, il nous faudrait 4 planètes pour subvenir aux besoins élémentaires. La France atteint chaque année son « jour du dépassement » de plus en plus tôt. En 2024, c'était le 5 mai. Nous vivons au-dessus de nos moyens planétaires, et ceux qui paieront la facture ne sont pas ceux qui ont le plus consommé. Le GIEC le dit avec clarté : chaque dixième de degré de réchauffement évité est une forme de dette climatique en moins pour les générations futures. Pourtant, face à cela, combien de renoncements, de demi-mesures, de reculs ?

Enfin, la dette morale et démocratique.

Elle s'exprime dans le désengagement croissant des jeunes, leur perte de confiance dans les institutions, leur sentiment d'être exclus des décisions qui façonnent leur avenir. L'abstention massive des jeunes lors des dernières élections européennes en France (près de 70 % chez les 18-24 ans) en est le symptôme le plus criant. Ce n'est pas qu'ils se désintéressent de la politique. C'est que la politique actuelle se désintéresse d'eux. Parce qu'elle promet sans tenir. Parce qu'elle parle d'eux sans les écouter. Parce qu'elle agit pour d'autres intérêts que les leurs. Parce qu'elle les réprime quand ils manifestent. Parce qu'elle les appauvrit. En voyant les jeunes matraqués et mutilés dans les manifestations, comment peuvent-ils croire encore dans l'avenir ?

La dette de la paix. On leur dit depuis leur petite enfance de ne pas se bagarrer, de ne pas casser, mais de s'exprimer et de dire leur crainte ou leur colère. Et là, ils voient que le monde des adultes n'est pas capable de négocier pacifiquement les conflits, comme disait Nelson Mandela : la paix ce n'est pas l'absence de conflits, c'est la capacité à régler pacifiquement les conflits. Où est cette capacité ?

La paix aussi au quotidien pour eux, je l'ai dit, suppose l'éradication des violences et de l'anxiété. C'est une dette aussi.

Une rupture avec le pacte intergénérationnel

Le pacte intergénérationnel sur lequel repose notre République, ce fil invisible qui relie les générations entre elles, cette confiance dans le fait que chacun lègue mieux que ce qu'il a reçu, est aujourd'hui rompu. C'est vrai aussi dans la plupart des pays du monde.

Cette promesse n'est plus tenue. Au contraire. Un monde instable, anxiogène, où les grandes transitions, numérique, écologique, géopolitique, sont menées sans vision d'ensemble ni ancrage éthique et sans que les jeunes y soient associés.

Regardons en face cette responsabilité.

Ne pas la nommer, c'est ajouter la mauvaise foi à la dette.

Car enfin, qui sont les grands gagnants du système actuel ?

Les grandes entreprises multinationales, qui bénéficient d'aides publiques massives (près de

160 milliards d'euros chaque année en France), sans obligation écologique ou sociale réelle. Les détenteurs de capital financier qui échappent désormais à l'effort de solidarité, qui voient leur patrimoine s'accroître en dormant, pendant que les jeunes peinent à se loger, à s'émanciper, à fonder un foyer. Les Gafam qui ne paient pas d'impôts.

Une responsabilité politique et morale

La question de la dette intergénérationnelle est aussi une question morale.

Elle renvoie à la dette des vivants envers ceux qui ne sont pas encore nés. C'est la responsabilité élargie que transmettaient autrefois les familles. On apprenait à vivre sobrement en pensant à la prochaine génération, à agir en tenant compte non seulement des conséquences immédiates, mais aussi de leur portée sur l'avenir.

Hans Jonas, dans *Le Principe responsabilité*, posait déjà en 1979 cette exigence : « Agis de façon que les effets de ton action soient compatibles avec la permanence d'une vie authentiquement humaine sur Terre. »

Il y a des choix qui engagent l'histoire. La construction de l'État-providence après la guerre en fut un. La création de la Sécurité sociale, en 1945, fut un acte de créativité et de confiance extraordinaire, malgré la ruine du pays. Parce que l'on croyait en l'avenir. Parce qu'on voulait reconstruire en mieux, pas en moins. Aujourd'hui, nous avons besoin d'une même ambition : bâtir un État protecteur, mais écologique ; un modèle social, mais soutenable ; une économie créatrice, mais solidaire. Et pourtant, alors que la France est bien plus prospère que dans l'après-guerre, on nous dit que ce n'est plus possible. L'indignation saine de Stéphane Hessel inspire encore aujourd'hui car elle est une digue contre tous les renoncements.

Réparer la dette : par l'action, pas par la résignation

Alors, que faire ? Comment rendre soutenable ce qui ne l'est plus ? Comment réparer cette dette sans sacrifier l'avenir ?

Inscrire dans la Constitution le principe de justice intergénérationnelle. Ce serait une manière de donner une portée juridique à cette exigence éthique. Comme nous avons su inscrire la protection de l'environnement, nous devons protéger les générations futures contre les choix irréversibles.

Sanctuariser les dépenses d'avenir : éducation, climat, culture, santé et en particulier santé mentale. Il faut cesser de considérer ces postes comme des variables d'ajustement. Ce sont des fondements. Ce sont des dettes positives, porteuses de croissance humaine.

Inclure les jeunes dans les décisions. Non pas en les cantonnant à des conseils consultatifs, mais en leur donnant un réel pouvoir d'agir, y compris institutionnel. Ouvrir un débat sur le droit de vote à 16 ans, le budget participatif écologique, le service civique renforcé peuvent être les leviers de cette inclusion.

La jeunesse mérite mieux que le silence

Je n'écris pas cela avec sévérité, mais avec espoir.

Parce que la jeunesse n'a pas renoncé. Parce qu'elle se mobilise, elle crée, elle innove, elle alerte. Elle nous pousse à la cohérence.

Elle n'attend pas la perfection, mais la vérité. Elle réclame du courage, pas des excuses.

Oui, nous avons contracté une dette.

Mais il est encore temps de la reconnaître, de la réparer, et de transformer ce fardeau en engagement.

Non par culpabilité. Mais par fidélité à ce que nous voulons être : des adultes responsables, des politiques dignes, des passeurs d'avenir.

Des baisses d'impôts non compensées. Depuis les années 2000, de nombreuses baisses d'impôts ont été décidées, notamment sur les revenus du capital, les grandes fortunes, ou les entreprises, sans réduction équivalente des dépenses.

Suppression de l'Impôt de Solidarité sur la Fortune (ISF) en 2018, remplacé par l'IFI, bien moins rentable; multiplication des niches fiscales (près de 80 milliards d'euros/an), notamment les fausses fondations qui n'ont aucune action philanthropique; une multiplication d'organismes redondants (y compris au niveau européen) qu'il faudrait évaluer et intégrer dans les ministères contrôlés déjà chargés des missions.

Conséquence : des recettes fiscales en baisse, sans gain réel en compétitivité ou en emploi, qui ont creusé le déficit.

Une dépense publique sous pression, mais pas maîtrisée structurellement. Contrairement à une idée reçue, la dépense publique en France n'a pas explosé en volume, mais elle reste très rigide.

L'administration publique reste complexe et éclatée, sans véritable réforme structurelle de fond, malgré de nombreuses promesses. Ou alors des réformes absurdes comme la fusion des régions qui a entraîné beaucoup de stress, de projets stoppés et qui, finalement, coûte beaucoup plus cher en fonctionnement.

Conséquence : une dépense qui croît, parfois par inertie, sans toujours être réorientée vers les investissements d'avenir.

Les crises successives : accélérateurs de dette. Depuis 2008, les États ont joué leur rôle d'amortisseurs face à des crises majeures :

Crise financière de 2008 : plans de relance, soutien aux banques massif. Ce qui a fait dire que si le climat était une banque il y a longtemps qu'il aurait été sauvé.

Crise des dettes souveraines (2011-2012) : hausse des taux d'emprunt sur les marchés, contraintes budgétaires.

Crise du Covid-19 (2020-2021) : « quoi qu'il en coûte », chômage partiel, soutien aux entreprises, vaccins, hôpitaux.

Inflation et crise énergétique (2022-2023) : boucliers tarifaires, aides ponctuelles.

Une succession de dépenses exceptionnelles non compensées, sans réformes fiscales profondes pour les financer ni retour de la part des secteurs qui ont bénéficié de ces opérations de sauvetage. Sans réflexion sur les mutations à accélérer en les sécurisant, ni sur les changements de modèle indispensable. Au fond, le conservatisme et l'appel à l'État des milieux financiers, qui n'ont pas de mots assez durs pour en appeler aux réformes frénétiques et aux désengagements de l'État dès qu'il s'agit des citoyens et des peuples.

Des taux bas mal utilisés. Pendant plus d'une décennie, les taux d'intérêt historiquement bas ont rendu l'endettement apparemment indolores. Les États ont pu emprunter à 0 %, voire à taux négatif. Cela a incité à repousser les ajustements budgétaires, puisque la charge de la dette diminuait.

Conséquence : Une illusion de soutenabilité. Mais le retournement des taux en 2023-2024 a rendu cette dette beaucoup plus coûteuse (hausse du service de la dette dans le budget). Il aurait fallu utiliser les taux bas pour financer massivement les dépenses d'avenir comme celles de la lutte contre le dérèglement climatique avec la transition énergétique.

L'absence de vision stratégique intergénérationnelle. Enfin, derrière les chiffres, il y a une philosophie politique qui a glissé; on a favorisé le court terme, la consommation immédiate, les cadeaux électoraux; on a sacrifié l'investissement (éducation, climat, innovation) au profit du fonctionnement; on a refusé le débat sur la justice fiscale et la redistribution entre générations.

Conséquence : une dette mal perçue, mal expliquée, mal orientée. C'est non seulement la dette elle-même qui est problématique, mais aussi son contenu et son absence de vision pour l'avenir.

Une stratégie industrielle encore possible dans la croissance verte. On ne résoudra pas la dette par l'impôt. On la résoudra par la croissance. Durable. La dynamique doit être lancée. La France aurait pu être une grande puissance industrielle dans le domaine de la croissance verte : énergie, bâtiment, transport, gestion des ressources naturelles, lutte contre les pollutions, sans parler des moyens industriels pour lutter contre les dégâts climatiques. Comment accepter l'inertie en matière de fabrication d'avions contre les incendies alors qu'Airbus a mis au point un prototype ? Il ne s'est rien passé... Qui ne voit que la France avec ses constructeurs pourrait trouver là un marché mondial considérable ? Ne traînons pas comme ils ont traîné avec la voiture électrique alors que les constructeurs français Peugeot et Heuliez étaient les premiers sur le marché il y a vingt ans ! C'est aujourd'hui la Chine qui domine, alors qu'avec des dirigeants à la hauteur, ça aurait dû être la France. Mais le manque de soutien, de vision, d'audace, d'imagination a conduit à l'urgence de... ne rien faire.

La dette a dérapé car ils ont déshabillé l'État de ses ressources fiscales, empilé les crises, repoussé les réformes difficiles, profité des taux bas sans stratégie de sortie, et manqué de courage pour repenser nos priorités. Et sacrifié l'industrie sous prétexte de mondialisation avec la répartition internationale du travail pour profiter des pays à bas salaires.

Une finance verte bien orientée. Je sais que c'est possible puisque comme présidente de la COP21 en 2016, j'ai eu à lancer la finance verte en particulier en créant l'emprunt vert en pilotant la mise sur le marché des premiers green bonds. Le succès dépassa toutes les prévisions comme j'ai eu l'occasion de l'exposer à Washington lors de la réunion de la coalition finance verte que je coprésidais avec le président de la banque mondiale. En janvier 2017, j'ai lancé avec France Trésor la toute première obligation verte. Montant initial émis : 7 milliards d'euros. C'était, à l'époque, la plus grande obligation verte souveraine au monde. L'opération a rencontré un succès massif : la demande dépassait 23 milliards d'euros, soit plus de trois fois l'offre.

Depuis, la France continue de réémettre régulièrement cette obligation verte pour en augmenter l'encours, qui dépasse aujourd'hui les plusieurs dizaines de milliards d'euros.

J'ai aussi exposé à Washington la façon dont nous avions mis en place, premier pays au monde, le reporting vert dans la loi française de transition énergétique que j'ai fait adopter à ce moment là.

Depuis, la place de Paris est restée leader en ce domaine de la finance verte. L'enjeu est donc aujourd'hui de garder cette avance et de la traduire le plus fortement possible en projets industriels et agricoles. L'État a continué de lancer année après année les obligations vertes pour un montant de 7 milliards en 2025, portant l'encours total à plus de 80 milliards.

Donc la finance peut et doit être mise au service de l'économie de la transition. Aujourd'hui le secteur financier, banques, assurances, gestionnaires d'actifs, est monté en puissance sur la finance verte et ne demande qu'à faire plus si des règles claires sont mises en place : transparence, conditionnalité respectée, gouvernance avec la participation des citoyens épargnants, élimination du green washing.

En 2024, les six principales banques françaises ont porté leur encours de crédits verts et durables à 471 milliards €, soit + 27 % par rapport à 2023 (372 milliards €).

96 milliards € ont été consacrés aux énergies renouvelables, une hausse spectaculaire de +82 % en deux ans.

Les banques accompagnent aussi les clients dans l'émission d'obligations vertes : 102 milliards € structurés en 2024 – la France compte quatre établissements parmi les leaders mondiaux.

Dans le monde aussi : une finance verte en forte croissance

Un marché massif et en pleine expansion

En 2024, les émissions annuelles de green bonds ont atteint 572 milliards $, et l'encours total s'élève désormais à 2,9 trillions $, avec une croissance de 10 % en un an.

Selon d'autres estimations, le marché des obligations vertes atteint 673 milliards $ en 2025, avec une hausse prévue jusqu'à près de 814 milliards $ en 2030 (Mordor Intelligence).

Des émissions souveraines en expansion

Les émissions d'obligations vertes par les États débutent dès 2025 : 27,8 milliards $ ont déjà été émis sur le seul premier trimestre dans les pays émergents.

La Banque européenne d'investissement (BEI), qui a suivi la France, a continué son engagement et prévoit des financements loin du fossile, axés sur les renouvelables et l'efficacité énergétique.

En Chine, une première émission souveraine de green bond de 825 millions $ affirme l'ambition climatique de Pékin.

Paris, Londres, Abu Dhabi et Singapour se hissent comme centres mondiaux de la finance durable, soutenus par des initiatives structurelles fortes.

Par conséquent un pilotage politique puissant peut conduire à des cercles vertueux. On voit aussi à quel point les investissements dans l'industrie de guerre sont violemment concurrentiels avec ces efforts de finance verte. Voilà pourquoi les efforts de résolution des conflits militaires sont indispensables à l'organisation d'un autre monde et peuvent même offrir un débouché à cette industrie de guerre en la réorientant vers l'industrie de la protection de la planète. Comme exemple flagrant, la construction d'avions pour les « guerres » contre les incendies dévastateurs qui seront hélas de plus en plus nombreux…

Le défi des dettes envers les générations futures

Nous avons une dette. Pas une seule, mais plusieurs, entremêlées, lourdes, pressantes.

La dette financière, accumulée depuis des décennies, et que les enfants d'aujourd'hui devront rembourser sans avoir profité des moyens qu'elle a financés.

La dette écologique, bien plus tragique encore, qui consiste à leur laisser une planète abîmée, épuisée, appauvrie, alors même qu'ils n'en ont qu'une.

La dette sociale, qui résulte des inégalités non réparées, de la précarité acceptée, des fractures territoriales et éducatives.

La dette sanitaire, héritée des aveuglements face aux pollutions, aux perturbateurs endocriniens, aux pandémies mal anticipées.

Ces dettes sont le fruit d'une légèreté gouvernementale, d'un système économique obsédé par le court terme, d'élites politiques qui ont trop souvent préféré reporter au lendemain ce qui devait être décidé d'urgence. Parce qu'ils s'en croient protégés.

Mais ce qui est devant nous, c'est un défi immense : rembourser ces dettes aux générations futures.

Non pas seulement en termes financiers, mais en rétablissant les équilibres, en réparant les injustices, en rendant possible à nouveau l'espérance.

Car rembourser la dette écologique, c'est protéger l'air, l'eau, le climat, la biodiversité.

Rembourser la dette sociale, c'est donner à chaque enfant une sécurité réelle de départ.

Rembourser la dette sanitaire, c'est garantir que la santé des jeunes générations ne sera pas sacrifiée à la rentabilité immédiate.

Rembourser la dette financière, c'est ne pas hypothéquer leur avenir pour payer les excès d'aujourd'hui.

Nous avons le devoir d'agir, parce qu'une société qui vit à crédit sur le dos de ses enfants n'est pas seulement imprévoyante : elle est en grande fragilité.

Ce défi n'est pas technique. C'est un choix moral. Soit nous continuons à repousser les échéances, à accumuler des dettes impayables, et alors nous trahissons la relève. Soit nous choisissons le courage, et nous leur rendons ce qui leur appartient : un avenir vivable, respirable, juste.

Un devoir mais surtout un magnifique défi

Rembourser ces dettes n'est pas seulement un devoir de justice envers les générations qui viennent : c'est aussi un magnifique défi. Celui de réinventer nos manières de produire, de partager, de soigner, d'habiter la Terre. Celui d'offrir aux jeunes non pas un monde en ruine, mais un horizon d'avenir. Rien n'est plus exaltant que de transmettre une planète vivable, une société plus juste, une humanité en paix réconciliée avec elle-même.

Un autre monde en mieux est possible

Non, cette expression n'a pas à être moquée ou galvaudée. Une autre France en mieux est possible.

Je sais qu'il est de bon ton, aujourd'hui, de railler l'espérance. Comme si dire qu'« un autre monde est possible » relevait de la naïveté. Comme si la lucidité devait se confondre avec le cynisme.

Or c'est l'inverse : l'illusion, c'est de croire que nous pourrons continuer comme avant, dans un monde où la planète s'épuise, où les inégalités explosent, où la jeunesse perd confiance.

Non, un autre monde en mieux n'est pas une utopie vague. C'est une exigence. C'est même une nécessité. Car le monde actuel, nous le savons, n'est pas soutenable. Il fabrique trop de solitude, trop de souffrance, trop d'injustice. Croire ou faire croire qu'il n'y a pas d'alternative, voilà la vraie illusion, le mensonge par ignorance ou par égoïsme cynique.

Un autre monde en mieux est possible parce que les preuves existent déjà, à portée de main. Des territoires inventent des façons de produire en respectant la terre. Des entreprises choisissent la sobriété plutôt que le gaspillage. Des familles, des associations, des écoles expérimentent de nouvelles solidarités, où chacun retrouve sa place. Des jeunes s'engagent pour la planète, pour la justice, pour la dignité humaine, refusant de céder à la fatalité.

Un autre monde est possible parce que l'histoire nous l'enseigne : les acquis sociaux, l'abolition de l'esclavage, l'égalité des droits, la protection de l'environnement… Tous ces progrès semblaient irréalisables, jusqu'au jour où ils ont été arrachés par la volonté des citoyens et par des dirigeants éclairés et imaginatifs.

Un autre monde en mieux est possible parce qu'il correspond à une aspiration profonde de l'humanité : vivre dans la dignité, partager la beauté, protéger les enfants, transmettre un horizon. Ce n'est pas un rêve creux, c'est une responsabilité politique.

Alors oui, un autre monde en mieux est possible. Mais il ne viendra pas seul. Il dépendra de notre courage, de nos choix, de notre capacité à transformer l'indignation en action, le désespoir en énergie, la lucidité en créativité. C'est le défi magnifique que nous devons relever, sans fausse naïveté, mais avec une conviction inébranlable : l'avenir appartient à celles et ceux qui refusent la résignation.

Fixer l'objectif d'un autre monde en mieux possible, ce n'est pas seulement une posture morale ou un horizon lointain : c'est une manière d'ouvrir des voies concrètes d'action et de travail. Car pour construire ce monde plus juste et plus durable, il faudra des milliers d'emplois nouveaux : dans la transition énergétique, dans la protection de la biodiversité, dans les services publics, dans les métiers du soin, de l'éducation, de la culture, dans les industries relocalisées, dans l'agriculture durable.

Là où certains ne voient que des contraintes, il faut voir des opportunités. Les grandes transitions nécessaires, éducatives, sanitaires, écologiques, industrielles, agricoles, sociales, numériques, démocratiques et autres ne sont pas une punition, elles sont une promesse. Une promesse d'activité, d'innovation, de créativité. C'est une chance unique de réinventer nos manières de produire, de consommer, de vivre ensemble. Au lieu d'agiter les peurs sur cet avenir incertain, proposons aux jeunes d'en saisir une opportunité. Dans toute mutation il y a une menace et une chance, selon ce que l'on en fait. Et cela pour toutes les jeunesses du monde. Je pense à celles qui sont accaparées par la misère ou par les guerres, et qui voudraient aussi désespérément prendre le contrôle de leur vie et imaginer le bonheur de leurs enfants.

Une chance de réintégrer les jeunes générations dans le fil de l'histoire : c'est à elles que revient de définir cet avenir, de l'imaginer, de l'incarner. Leur redonner ce rôle, c'est rompre avec une époque qui les a trop souvent assignées à l'attente, à la précarité, à l'angoisse climatique.

Dire qu'un autre monde en mieux est possible, c'est donc leur tendre la plume pour qu'elles écrivent la suite. C'est reconnaître que l'histoire ne s'arrête pas avec nous, et qu'elle ne doit pas se répéter en pire. C'est leur confier non pas un fardeau, mais une mission exaltante : construire un monde qui leur ressemble, qui soit à la hauteur de leurs espérances et de leur énergie.

En fixant ce cap, nous leur disons : *votre avenir n'est pas condamné, il est à inventer*. Et rien n'est plus mobilisateur que cette certitude : que l'avenir n'est pas écrit d'avance, mais qu'il dépend de la force créatrice de la jeunesse.

On pourrait citer de nombreux champs d'action :

L'ingénierie des océans vivants : pour que l'immense champ de recherche ne soit pas une foire d'empoigne et de destructions comme on le voit déjà avec le ravage des fonds marins dû à la surpêche. De jeunes chercheurs travaillent aujourd'hui à restaurer les récifs coralliens grâce à des structures imprimées en 3D ou à la réintroduction d'espèces protectrices. On crée ainsi des métiers nouveaux, qui mêlent écologie, technologie et artisanat.

La santé planétaire : des étudiants en médecine suivent désormais des cursus où l'écologie est considérée comme un déterminant majeur de la santé. Soigner les corps passe aussi par soigner la planète. Ce croisement invente un champ professionnel inédit.

L'économie circulaire créative : dans certaines villes, des start-up dirigées par de très jeunes fondateurs transforment les déchets en mobilier urbain ou en matériaux de construction. Chaque tonne de plastique recyclée devient source d'emploi local et d'innovation sociale.

L'agriculture urbaine high-tech : sur les toits de grandes métropoles, des serres hydroponiques gérées par des jeunes ingénieurs et maraîchers alimentent directement les cantines scolaires. Des emplois naissent dans des lieux où l'on n'aurait jamais imaginé voir pousser des légumes.

L'art et la réparation : en Espagne, des collectifs de jeunes transforment les « repair cafés » en lieux culturels où réparer un vélo ou un grille-pain s'accompagne d'ateliers artistiques. Cela crée des emplois hybrides, à la fois techniques et culturels.

Les gardiens du climat : en Afrique, des jeunes se forment à devenir « sentinelles du climat », en utilisant des outils numériques pour mesurer la qualité de l'air, des sols et de l'eau, et alerter leurs communautés. C'est à la fois de l'emploi et une responsabilité historique.

Ces initiatives montrent que l'idée d'« un autre monde possible » n'est pas un slogan : c'est déjà un chantier, avec des métiers, des innovations, une créativité qui ne demande qu'à être soutenue. Fixer cet objectif, c'est donc ouvrir des emplois concrets qui redonnent du sens au travail, réinscrire la jeunesse dans l'histoire, non comme victime mais comme actrice, et transformer la peur de l'avenir en énergie de construction.

D'autres exemples pourraient être cités, qui permettraient non seulement de respecter nos engagements de l'accord de Paris sur le climat, en réduisant le réchauffement climatique, mais aussi d'améliorer la qualité de vie, et de lutter contre la pauvreté dans les pays les plus démunis, par l'accès aux énergies renouvelables, les plantations de ceintures vertes contre les sécheresses, la conservation des aliments, la libération du travail féminin pour aller à l'école…

La filière hydrogène en Europe : plusieurs pays investissent massivement dans l'hydrogène vert pour remplacer les énergies fossiles dans les transports et l'industrie lourde. Cela suppose des milliers d'ingénieurs, de techniciens, d'ouvriers qualifiés : une vraie filière d'avenir.

Le recyclage industriel des métaux rares : face à la dépendance au lithium ou au cobalt, des usines s'ouvrent pour recycler les batteries à grande échelle. Ce sont des métiers nouveaux, au croisement de la chimie, de l'énergie et de la logistique. Le recyclage des centrales nucléaires arrivées en fin de parcours, plus de quatre cents à l'échelle planétaire, est un chantier colossal. J'avais proposé que l'on construise un prototype sur le site de Fessenheim pour préparer la mutation avec une montée en puissance du site industriel, mais le changement de ministre aura eu raison du projet… ils ont fermé la centrale sans aucun projet industriel, alors qu'il y a là un marché mondial.

La réhabilitation thermique des bâtiments : dans tous les pays européens, c'est un chantier colossal. Il faudra former et employer des dizaines de milliers d'artisans, architectes, ouvriers spécialisés pour transformer un parc immobilier en bâtiments sobres en énergie, mettre au point des matériaux d'isolation. La France aurait pu être à la pointe de ces technologies et de ces savoirs et ingénieries si le plan post-COP21 avait été maintenu avec les projets de bâtiments à énergie positive, les baisses d'impôts des particuliers, les territoires à énergie positive... Car pour réussir ce genre de plan Marshall, il faut de la continuité et de la constance.

La révolution de la mobilité : protéger les grandes villes des énergies fossiles crée une demande considérable en transports publics, en ingénierie ferroviaire, en maintenance de flottes électriques, en mobilités douces. Cela change des pans entiers de l'économie urbaine.

La santé et la prévention globale : après la pandémie, la réinvention des systèmes de santé est devenue incontournable. Investir dans la prévention, la santé environnementale, la santé mentale, la télémédecine ou la bio-ingénierie ouvre des secteurs d'emploi passionnants.

Les infrastructures vertes : digues, parcs solaires, réseaux électriques intelligents, gestion de l'eau, ceintures vertes : ce sont des projets qui nécessitent des ingénieurs, des urbanistes, des juristes, mais aussi des travailleurs de terrain.

La transition agricole : passer d'un modèle intensif à un modèle agroécologique est un chantier titanesque. Il faut former des agriculteurs, développer des coopératives, repenser les filières agroalimentaires, accompagner la mutation de l'industrie alimentaire, investir dans la recherche. Et cela dans tous les pays du monde, notamment dans les pays émergents, vers lesquels les lobbies de la chimie se tournent dangereusement aujourd'hui alors que, n'étant pas encore pollués, ils sont... en avance !

Ces exemples montrent que la transition n'est pas juste un supplément d'âme pour faire plaisir aux jeunes : c'est le futur de l'économie elle-même. Elle peut être puissante et donner en plus du sens au travail. Fixer l'objectif d'« un autre monde possible en mieux », c'est en fait, quand on y pense, reprendre les objectifs de développement durables de l'ONU et y travailler sans relâche.

Nous devons aujourd'hui travailler sur un Pacte des Générations

Parce que nous ne pouvons plus détourner le regard, parce que nous ne pouvons plus laisser aux jeunes un monde abîmé, appauvri, fracturé.

Ce Pacte pourrait reposer sur trois piliers.

D'abord, **stimuler l'innovation industrielle** pour que la transition écologique, éducative et sociale devienne une source d'emplois, de technologies, de créativité. Non pas un fardeau, mais une formidable opportunité de travail et d'intelligence partagée.

Ensuite, **relocaliser les emplois stratégiques** : redonner à nos territoires la fierté de produire, d'innover, de décider par eux-mêmes, au lieu de dépendre des importations et des crises mondiales.

Enfin, **réinscrire la jeunesse dans de grands projets collectifs**. Car aucune société ne peut vivre sans un récit d'avenir. Hier, ce fut l'école gratuite, la Sécurité sociale, l'électrification. Aujourd'hui, ce sera l'efficacité climatique, la santé améliorée, l'excellence éducative.

Voilà le sens du Pacte des Générations.

Ce n'est pas une utopie fragile : c'est un cap clair, une exigence historique, une responsabilité politique.

Un autre monde n'est pas seulement possible : il est nécessaire. Et il dépend de nous.

Le Pacte des Générations : c'est rendre aux jeunes l'avenir qu'on leur doit. Le Pacte des Générations : c'est offrir aux jeunes un horizon, pas des ruines. Le Pacte des Générations : assez des dettes, donnons aux jeunes des conquêtes.

Le Pacte des Générations, c'est la promesse de rendre à nos enfants la beauté du monde et la force d'y croire encore. Que chaque enfant puisse se dire « Au milieu de l'hiver, j'ai découvert en moi un invincible été », écrivait Albert Camus. À vous, jeunes générations, je veux dire que cet été invincible est en chacun de vous : une lumière qui ne s'éteint pas, une chaleur qui traverse les saisons les plus rudes. Ne laissez personne vous convaincre que l'avenir est fermé. Car votre force est là, dans cet élan vital qui défie les froids du temps et les duretés du monde. Gardez-le, cultivez-le, partagez-le. C'est de lui que naîtra la beauté d'un monde plus juste, plus fraternel, plus humain.

Chapitre 2

Pour une juste autorité : ne pas les laisser sans limites

Il y a une vérité que je veux rappeler, loin des démagogies, calmement mais fermement : un enfant sans limites n'est pas un enfant libre, c'est un enfant maltraité. En clair, il n'est pas interdit d'interdire, c'est même tout le contraire.

C'est un enfant désorienté, livré à lui-même dans un monde où même les adultes ne savent plus toujours où sont les frontières du raisonnable. C'est avec cette conviction que j'ai fait adopter comme ministre de la Famille la première loi portant le titre suivant : loi sur l'autorité parentale.

Pas n'importe quelle autorité. La juste autorité. Ni trop, ni trop peu; comme l'est la juste présence : ni trop près, ni trop loin. Malgré quelques moqueries élitistes, j'avais créé au collège, lorsque j'étais en charge du ministère de l'Enseignement scolaire, l'éducation morale et civique. Avec un cahier du même nom pour la classe de 6e, avec une leçon de morale par jour. Les parents, les enfants et les professeurs principaux des collèges étaient très satisfaits. Mon successeur a trouvé cela ringard et a tout supprimé, comme il avait cassé, pour ne pas dire broyé, je l'ai dit, le protocole de lutte contre les violences sexuelles et arrêté la distribution aux enfants du petit livre *Mon corps c'est mon corps*... Les années passent et les problèmes surgissent, et l'on retrouve les mêmes remèdes déjà expérimentés mais stoppés par les caprices des uns ou des autres...

Fixer un cadre n'est pas un acte brutalement autoritaire. C'est un acte d'amour. Une preuve de respect, qui rassure, élève, permet l'autonomie, puis la liberté. Mais aujourd'hui les limites sont floues. Elles ont disparu car l'adolescent est dans un monde qui échappe à ses parents s'ils ne sont pas vigilants, ou trop absents ou dépassés. Et la société ne fixe plus guère de règles, tout se montre et tout se dit, celui qui crie le plus fort ou qui provoque le plus a raison. Et puis l'excès inverse, les interdits violents aux conséquences dramatiques, tout à coup la violence institutionnelle surgit, comme ce fut le cas avec la répression des gilets jaunes ou les interdits cruels du confinement. Les jeunes en sont restés en état de sidération. Il y a aussi les règles abstraites que le monde des adultes pose et qu'il ne respecte pas, comme le prouvent les scandales à répétition de corruption, de fraude et même d'association de malfaiteurs en costume-cravate au plus haut niveau.

La limite qui protège, pas celle qui exclut

Poser des limites, c'est d'abord protéger. L'enfant a besoin d'être sécurisé dans un monde dont il ne connaît ni les lois ni les dangers. Interdire, c'est prévenir : « tu ne touches pas à la prise électrique » n'est pas une répression, c'est un geste de vie. C'est dire : « je tiens à toi, je veux que tu sois en sécurité ». Et cela vaut pour tous les âges et tous les problèmes. Plus tard ce sera : « Tu ne te fais pas entraîner dans l'alcool ou la drogue ou la pornographie. Car tu te feras du mal. » Mais au-delà de la protection physique, les limites sont aussi les premières leçons de la vie en société. Elles permettent à l'enfant d'apprendre qu'il n'est pas seul, qu'il y a d'autres personnes autour de lui. Elles l'aident à comprendre que le vivre-ensemble repose sur le partage, le respect mutuel.

Et c'est là que se joue aussi une dimension fondatrice : l'identité. Car un enfant à qui l'on ne fixe aucun interdit ne peut pas se construire. Il ne sait pas ce qui est juste, ce qui est bien. Il doute. Il s'agite. Il teste. Il appelle, sans le dire, l'adulte à se tenir debout devant lui. À dire stop, parce qu'on aime assez pour dire non et surtout pour expliquer pourquoi.

Parler vrai, parler juste : la parole comme outil d'autorité

L'autorité ne se crie pas. Elle se dit avec calme, avec constance. Un « non » ferme mais doux a bien plus d'impact qu'un hurlement. Il n'humilie pas, il éclaire. Il ouvre un chemin compréhensible.

Soyons clairs, soyons simples et cohérents : ne disons pas « sois sage », mais « repose le couteau, tu vas te faire mal ». Donnons du sens, toujours.

Et rejetons cette paresse de langage, compréhensible mais inefficace, qui consiste à dire « parce que c'est comme ça ! ». Non. Un enfant qui ne comprend pas ne peut pas se corriger.

Il obéira peut-être par peur. Mais il ne grandira pas. C'est pareil pour un peuple auquel le pouvoir dit : c'est comme ça, je sais mieux que toi ce qui te convient, tais-toi.

L'écran : les nouvelles limites à fixer

L'alerte est aujourd'hui enfin lancée : les écrans. Ils sont devenus le nouveau doudou des temps modernes. Un enfant qui pleure, un adulte qui sort son téléphone et l'on croit résoudre un problème alors qu'on en crée un autre, plus profond, plus invisible.

Les chiffres parlent : 44 % des parents laissent leur enfant – parfois bébé – devant un téléphone. C'est commode. C'est rapide. Mais ça peut devenir grave.

Car le cerveau d'un petit enfant ne peut pas absorber ce flux continu d'images sans en payer le prix : troubles du sommeil, agitation, difficultés d'attention, voire anxiété. Il faut donc dire stop, et appliquer une règle simple, assez simple pour une fois, issue du travail de Serge Tisseron : la règle des 3, 6, 9, 12.

Avant 3 ans : aucun écran. Entre 3 et 6 ans : des écrans rares, partagés, jamais le soir. Entre

6 et 9 : introduction des récits audio, des histoires à écouter pour nourrir l'imaginaire. Avant 9 ans : pas d'Internet. Et avant 12 ans : jamais seul face à la toile.

Cela vaut aussi pour les adultes. Car un parent rivé à son écran ne peut pas interdire ce qu'il incarne lui-même. Donner le biberon en scrollant sur un téléphone, c'est dire : je suis ailleurs, il y a plus intéressant que toi. L'enfant, lui, le comprend. Et l'on peut retourner le problème en positif.

Les colères, les crises : et si nous étions l'apaisement ?

Vient le moment des colères, des cris, des refus. Et souvent, de notre désarroi. Mais là encore, souvenons-nous que l'autorité, ce n'est pas l'écrasement. C'est la posture juste, calme, non menaçante, jamais méchante.

Dire « stop » avec une main douce, c'est faire comprendre sans blesser. L'enfant ne se sent pas rejeté. Il est arrêté, contenu, reconnu. Dire « va dans un coin le temps de te calmer », ce n'est pas l'abandonner. C'est lui offrir un espace de recentrage.

La communication non violente n'est pas une mode. C'est une nécessité éducative. Elle dit : je te respecte, même quand je te limite. Et c'est ainsi que l'enfant apprend à se réguler, à s'exprimer autrement que par la violence.

Les crises sont aussi des moments d'affirmation ou d'angoisse. Crise des 4 ans, crise adolescente. Inutile de crier, de réprimer, de s'énerver. Attendre que ça passe avec des mots apaisants. Ils sont entendus même si cela n'apparaît pas.

Grandir avec des repères, pas avec la peur

Il ne s'agit pas d'inventer une perfection impossible. Mais d'être cohérent. D'être plusieurs adultes du cercle familial, si possible, à porter la même parole. D'équilibrer les interdits par des encouragements.

Car l'enfant a besoin d'être regardé dans ce qu'il fait de bien. Demandons-lui ce qu'il a préféré dans sa journée. Écoutons-le. Et, ce faisant, ouvrons la porte à ce qui va moins bien.

Fixer des limites, c'est offrir une colonne vertébrale. Une stabilité dans un monde qui, souvent, chancelle.

De l'enfant à la République

La question de l'obéissance n'est pas propre à l'éducation. Elle traverse aussi notre vie collective. Un enfant obéit lorsqu'il comprend. Un peuple aussi.

Quand les règles n'ont plus de sens, quand les décisions tombent sans explication, sans cohérence, alors naît la colère. Celle des gilets jaunes, celle des révoltés du climat, celle des oubliés, celle des salariés à qui on reprend. Ce sont les mêmes mécanismes. L'absence de cadre juste, de projet partagé, provoque le rejet. La non-explication est une humiliation. Une mère est sans arrêt en train d'ajuster sa réaction, pour prendre en compte la part de vérité de l'enfant lors d'un conflit, parce qu'elle sait que l'enfant ou l'adolescent n'a pas forcément les mots pour argumenter, il n'ose pas aussi. Une mère sait que l'agressivité d'un adolescent c'est parce qu'il n'a pas les mots pour dire ce qu'il voudrait et ce qu'il ressent. C'est une demande d'amour, à côté de laquelle il ne faut pas passer. C'est l'expression d'un besoin d'émancipation chaotique.

Pareil pour un peuple : il n'a pas les mots pour parler, pour se faire comprendre, si le pouvoir ne lui prête pas l'oreille, ou si ses représentants sont muselés par le 49.3. Si sa quête de respect se heurte au mépris, alors la révolte monte.

Il y a des points communs entre éduquer et présider. Présider c'est aimer, écouter, dialoguer. Comme une mère aime ses enfants. Comme une République doit aimer ses citoyens.

Par conséquent, poser des limites, c'est résister à la cruauté

Il y a une forme de cruauté dans l'indifférence, dans le laxisme, dans l'abandon. Dire oui à tout, ce n'est pas aimer. C'est renoncer.

Alors ayons le courage du non. Le courage d'éduquer. Le courage de résister à la facilité.

Car les limites, lorsqu'elles sont posées avec amour et fermeté, deviennent des repères. Elles aident les jeunes à grandir. À tolérer la frustration. À respecter l'autre. À devenir, demain, des adultes responsables.

De l'enfant à la République : le consentement comme fondement

Il y a, dans le regard d'un enfant qu'on guide avec respect, une vérité politique que beaucoup de dirigeants ont oubliée : on n'obéit durablement qu'à ce qu'on comprend. Et plus encore, à ce à quoi l'on consent.

C'est vrai dans l'éducation, c'est vrai dans la vie collective. Un enfant ou un adolescent à qui l'on explique le pourquoi d'une règle finit par intérioriser, par l'adopter. Il comprend qu'elle n'est pas là pour le contraindre gratuitement, mais pour le faire grandir, le protéger, le relier aux autres. Il n'a pas été soumis, il a été éclairé.

C'est ce même mécanisme qui fonde la légitimité de l'autorité dans une démocratie. Ce n'est pas l'injonction, ce n'est pas le pouvoir, ce n'est pas la peur : c'est le consentement éclairé. Et ce consentement suppose une condition fondamentale : c'est cela la force de la démocratie. Vous me commandez, vous faites une réforme, vous détruisez ce à quoi je suis attaché : mais à qui ou à quoi obéissez-vous vous-même ? Quel est votre objectif et pourquoi je ne peux ni le connaître ni le partager ? Avez-vous fait une évaluation des conséquences de ce que vous m'imposez ? Je voudrais la voir pour y contribuer. Avez-vous demandé s'il existait d'autres idées ou d'autres points de vue ?

L'obéissance ne vaut que si elle est partagée

On ne peut exiger du peuple, des citoyens, des jeunes, une obéissance vide de sens. Une obéissance verticale, imposée sans explication, sans justification, finit toujours par se briser. Soit dans la passivité résignée. Soit dans la révolte.

Cela vaut pour les décisions éducatives dans une famille, et cela vaut pour les grandes orientations politiques d'un pays. Il n'y a pas de paix durable sans objectif partagé.

Quand on demande à un enfant ou à un adolescent d'être honnête, d'être attentif aux autres, d'être travailleur, de contribuer aux tâches domestiques, d'être moins sur son portable, il ne le fait pas par plaisir. Il le fait parce qu'il comprend que c'est une manière de vivre ensemble, de respecter l'espace commun, de se préparer à une vie autonome. À condition qu'on lui ait expliqué cela. Et qu'on l'ait fait, aussi, soi-même.

De même, lorsqu'un peuple accepte des efforts, des restrictions, des sacrifices, que ce soit pour l'environnement, pour le redressement économique, pour la solidarité nationale, il a besoin de savoir quelle est la finalité de ces efforts. À quoi ils servent. Quelle est la grandeur de l'objectif recherché.

L'échec de l'autorité, c'est l'absence d'objectifs compris et partagés

Combien de fois avons-nous vu, ces dernières années, des décisions politiques tomber comme des couperets, sans explication, sans humanité, sans vision partagée ? La brutalité de certaines réformes, leur verticalité, leur opacité ont nourri la défiance. Elles ont cassé le lien entre les gouvernants et les citoyens. Elles ont dressé une génération contre ceux qui, censément, œuvraient pour son avenir. Et de ce fait elles ont détruit de la valeur économique. Il n'y a pas d'un côté les questions dites sérieuses, celles des comptes publics, et de l'autre les questions secondaires, celles des valeurs de la cohésion nationale; les deux se tiennent.

Car un peuple, comme un jeune, sent très bien quand l'autorité est juste. Et il sent tout aussi bien quand elle est méprisante ou incohérente. L'autorité qui ne s'impose pas à elle-même ce qu'elle demande aux autres devient illégitime.

Gouverner c'est comme éduquer, c'est dire pourquoi et prendre en considération d'autres points de vue

Il faut retrouver une forme de pédagogie politique, qui n'est pas de la communication, mais du respect. Gouverner, c'est dire pourquoi. Dire d'où vient la règle. Pourquoi elle est nécessaire. Ce qu'elle protège. Ce qu'elle prépare. Ce qu'elle promet.

Et surtout, dire à quoi nous-mêmes, gouvernants, parents, éducateurs, nous obéissons. Sommes-nous guidés par la peur ou par l'espoir ? Par la domination ou par le respect ? Par la volonté de puissance ou par le sens du service ?

L'enfant obéira si l'adulte lui montre qu'il obéit, lui aussi, à quelque chose de plus grand que lui : le souci de l'autre, la justice, la cohérence, et surtout son bonheur et sa réussite.

De la même manière, un peuple suivra si ceux qui le guident le font avec clarté, sincérité et humilité.

Une République adulte, c'est une République qui embarque

Il est temps de passer d'une République de l'injonction à une République de la conviction. D'une autorité qui impose à une autorité qui propose, qui éclaire, qui entraîne. C'est cela, le pouvoir adulte, celui qui assume, qui rend compte, qui écoute.

Et si nous voulons une jeunesse respectueuse, engagée, responsable, alors il nous faut aussi une République respectueuse, engagée, responsable. Une République qui traite ses citoyens comme elle souhaiterait qu'un bon parent traite ses enfants : avec exigence, mais surtout avec respect.

Voilà pourquoi, en politique comme en éducation, l'obéissance ne peut pas être extorquée : elle doit être inspirée. Et pour cela, il faut que l'objectif soit clair. Que le projet soit visible. Que le cœur soit sincère.

Quand l'objectif efficace et juste n'existe pas, la colère monte

Analysons la mécanique qui a conduit à la révolte des gilets jaunes. Pendant des années, on a imposé des hausses de taxes sur le carburant sans jamais expliquer clairement pourquoi, sans écouter ceux pour qui cette hausse signifiait : payer plus pour pouvoir aller travailler, pour rendre visite à ses proches, pour vivre décemment. On a parlé pour imposer cette taxe de transition écologique, mais sans prendre le temps d'expliquer, de construire, d'embarquer les gens.

Résultat : une colère massive, une défiance profonde, une fracture qui aurait pu être évitée si l'on avait fait confiance à l'intelligence collective. S'ils avaient dit à quoi ils obéissent en tant que gouvernants. Si l'on avait osé dire que l'écologie, pour réussir, doit être socialement juste, territorialement adaptée, humainement comprise. Mais justement c'était inexplicable car c'était malhonnête de prétendre que cette taxe était écologique. C'est parce qu'il y avait le même mensonge sous-jacent à l'écotaxe créée par le gouvernement Fillon, qui n'avait rien d'éco, juste une taxe, que je l'ai retirée quand j'ai senti au contact du terrain que la colère montait. J'ai épargné à la France le désastre des bonnets rouges. Mais sûrs d'eux et dominateurs et trices, ils ont remis le couvert à l'arrivée d'Emmanuel Macron flanqué d'Élisabeth Borne au ministère des Transports (elle s'est vantée en ressortant l'écotaxe sous un autre nom de taxe carbone, de « réussir à remettre ce que Ségolène Royal avait retiré »). On a vu en effet. Ils ont eu le désastre des gilets jaunes, les images de chaos qui ont fait le tour du monde, les entreprises et commerces durement éprouvés, les dégradations, les manifestants mutilés et éborgnés et une quinzaine de morts sur les ronds-points… Beau résultat. Mais indolore pour eux, ni punition ni réparation. Et les mêmes recommenceront avec la réforme détestée des retraites… Et reviendront au pouvoir malgré leur échec aux élections. Heureusement qu'avec des principes et des méthodes pareils ils n'ont pas eu à élever tous les enfants de France…

Les Français ne refusent pas l'effort. Ils refusent l'humiliation. Ils refusent de subir des décisions sans dialogue, de devoir obéir à des règles absurdes ou arbitraires qui leur semblent décidées d'en haut, dans une froideur technocratique et méprisante.

L'éducation nationale, miroir de la République : tranquille ou frénétique?

Autre exemple : l'école. Les réformes s'y succèdent, souvent à un rythme effréné, sans qu'on en explique vraiment les finalités profondes aux enseignants, aux parents, aux élèves eux-mêmes. On modifie les programmes, on chamboule les examens, on parle de « réforme du bac » ou de « réorganisation des cycles » – mais que cherche-t-on à atteindre ? Où va-t-on ? Le pire c'est la réforme des programmes où chaque ministre (le 7e en 7 ans) impose ses marottes et ses idéologies. J'ai toujours pensé que tous les hauts fonctionnaires très savants des commissions des programmes, des inspections générales ou particulières siégeant au ministère, devraient obligatoirement consacrer une partie de leur temps en soutien scolaire auprès d'élèves dans les classes. Les équipements à distance permettent un déploiement massif du soutien scolaire.

Et comment demander aux professeurs, déjà épuisés, de porter ces changements s'ils n'en comprennent ni le sens ni la cohérence alors que l'essentiel c'est ce qui se passe dans la classe ?

Là encore, le parallèle avec l'éducation familiale est éclairant. Aucun parent aimant ne demanderait à son enfant de changer ses habitudes du jour au lendemain, sans explication, sans tenir compte de ses besoins, de ses capacités, de son rythme. Il y aurait du dialogue. De la progressivité. Du sens. C'est ce que l'école attend. C'est ce que la République doit offrir.

Environnement, retraites : l'urgence d'une cohérence

L'environnement. Voilà un autre domaine où l'obéissance ne peut venir que d'une adhésion construite. Il ne suffit pas d'annoncer une interdiction ou une norme pour qu'elle soit acceptée. Il faut enraciner cette norme dans un récit collectif. Il faut dire pourquoi on agit. Ce qu'on veut préserver. À quelle beauté du monde on obéit en choisissant la sobriété. Ce que cela raconte de notre lien aux générations futures.

Même chose pour les retraites. Quand on touche à la durée du travail d'une vie, ce n'est pas un ajustement comptable. C'est une question de dignité, d'espoir, de justice. Il faut expliquer. Il faut débattre. On ne peut pas prétendre défendre la valeur travail et remettre en cause des droits acquis sur la rémunération du travail différée, c'est bien ce qu'est la retraite.

Restaurer la parole politique : une urgence démocratique

Ce que ces exemples disent, c'est qu'il y a aujourd'hui un vide de clarté, de cohérence et de crédibilité dans la parole publique. On ne sait plus à quoi obéissent ceux qui décident. Est-ce à l'intérêt général ? À la rentabilité ? À des calculs électoraux ? À des engagements invisibles pris ailleurs ? À leurs caprices ? À leurs fixettes ? Leurs marottes ?

Restaurer la confiance, c'est dire : voici pourquoi je vous demande cela. Voici à quelle valeur j'obéis en vous le demandant. Voici où je vous emmène.

La parole politique doit redevenir un engagement, pas une tactique. Un pacte, pas un discours. Un objectif partagé, pas des mesures. Un acte de confiance, pas une agitation des peurs genre « on est au bord de la falaise »...

Du cercle familial à la République : un même contrat moral

Ce que nous apprenons dans la relation éducative avec les jeunes vaut pour la démocratie tout entière : aucune autorité ne peut durer sans légitimité partagée. Et cette légitimité vient du respect, de la cohérence, de la vérité.

Un parent brutal et maltraitant qui punit sans raison perd l'estime de son enfant. Il abîme son enfant. Un gouvernant qui décide par caprice ou idéologie ou arrogance perd l'estime de son peuple.

À l'inverse, un adulte qui sait expliquer, qui sait entendre, qui sait reconnaître ses torts, devient un repère. Un repère affectif pour l'enfant. Un repère moral pour le citoyen. C'est cela, la beauté du commandement juste. Celui qui élève au lieu d'écraser.

Pour une autorité juste, au service du bien commun

Poser une limite, ce n'est pas dominer. C'est protéger. Exiger une règle, ce n'est pas soumettre. C'est construire.

Demander l'obéissance, ce n'est pas imposer le silence. C'est parler au cœur et à la raison.

Nous vivons une époque où l'autorité s'est fracturée. Trop d'enfants grandissent sans cadre, ballottés entre la peur d'être jugés et le vide de repères. Trop de familles disloquées où l'enfant souffre, trop de cris et de tensions. Trop de maltraitance et de violences sexuelles. Trop de citoyens, eux aussi, se sentent trahis par des injonctions politiques qui tombent sans explication, sans dialogue, sans horizon. Avec l'incompréhension vient la peur du déclassement.

Le chaos éducatif et la violence démocratique ont une même origine : la perte du sens. Quand l'enfant ne sait plus ce qu'on attend de lui, il crie ou il se replie, ou il fuit vers les conduites à risques, tout ce que l'on veut éviter pour son enfant. Quand le peuple ne comprend plus où on l'emmène, il se révolte.

La solution n'est ni dans la répression, ni dans la démission. Elle est dans la cohérence.

La cohérence entre l'exigence et la bienveillance. La cohérence entre la parole et les actes. La cohérence entre le commandement et l'exemplarité.

Nous devrons faire de cette cohérence la matrice d'une autorité nouvelle, que j'appelle ici de mes vœux. Une autorité qui n'humilie pas, qui n'écrase pas, mais qui élève. Qui écoute pour mieux décider. Qui explique pour mieux rassembler. Qui protège pour mieux émanciper.

Une autorité qui, dans chaque famille comme dans chaque institution, s'adresse à l'intelligence des êtres. À leur dignité. À leur besoin profond de sécurité, de justice et de reconnaissance. Qui les encourage au lieu de les insulter.

Dans une époque de déroutes, l'autorité juste est une boussole.

Dans un monde fragmenté, elle est une main tendue.

Et dans une démocratie blessée, elle est une promesse : celle que personne ne sera gouverné sans avoir été écouté et compris.

Patience et constance : deux piliers d'une éducation démocratique

La première vertu éducative est aussi la plus difficile : la patience. Ce mot souvent galvaudé est pourtant central. Il ne s'agit pas d'attendre passivement que les choses changent, mais d'habiter le temps éducatif avec lucidité, cohérence et respect. Car l'éducation, comme la politique, est une œuvre de longue haleine. Elle se bâtit dans la durée, pas dans l'urgence ni dans le coup d'éclat.

Or, la politique d'aujourd'hui est devenue impatiente, souvent même capricieuse. Ça réforme pour marquer son passage, non pour répondre aux besoins profonds. Ça détricote ce que le prédécesseur a fait, sans même en évaluer l'impact. Deux domaines en ont particulièrement souffert : l'éducation et l'écologie.

Je me souviens de l'énergie déployée pour faire voter la loi de transition écologique en 2015. Elle permettait, par exemple, de rénover l'habitat avec des incitations fiscales, tout en créant une filière industrielle d'avenir. Cette avancée a été supprimée sans évaluation, remplacée par des dispositifs dispendieux et inefficaces – les fameux chèques, vite détournés, vite fraudés.

Même scénario dans l'Éducation nationale. Réformes successives, suppressions absurdes (comme celle des maths ou des sciences naturelles en tronc commun), instabilité permanente pour les enseignants. Et surtout, la suppression des aides-éducateurs. Une erreur grave. Ces jeunes adultes formaient un deuxième regard bienveillant dans les classes, soutenaient les enseignants, protégeaient les enfants les plus vulnérables. Ils étaient l'incarnation de cette autorité douce mais ferme, enracinée dans le quotidien. Il a fallu tant d'énergie pour les installer. Il a suffi d'un décret pour les faire disparaître. Pourquoi ? Parce que ceux qui n'ont pas aimé ce qu'ils détruisent ignorent ce qu'ils démolissent.

La verticalité, poison de l'autorité

L'autorité verticale, unilatérale, sans dialogue, produit du ressentiment, de la défiance, voire de la révolte. C'est vrai dans la famille, c'est vrai dans l'école, dans l'entreprise, c'est vrai dans la République. Trop souvent, les décisions politiques sont prises d'en haut, sans concertation, sans explication, sans écoute. Pourtant, l'autorité légitime ne peut naître que du respect mutuel et du sens partagé.

La politique de la peur, celle que l'on a connue durant la crise du Covid, en est l'illustration caricaturale. Interdits contradictoires, injonctions absurdes – se tenir debout dans un café, mais pas assis ; masquer les enfants mais autoriser les transports bondés – le tout sous couvert d'une expertise anonyme, inaccessible, sans contre-pouvoir. Ils ont érigé la peur en outil de gouvernement. Or, gouverner par la peur, c'est humilier un peuple. C'est faire de lui un sujet obéissant provisoirement plutôt qu'un citoyen éclairé.

On retrouve le même mécanisme dans les éducations punitives. La menace de sanction remplace la pédagogie. Le silence est imposé au lieu d'être entendu. Pourtant, éduquer par la peur, c'est empêcher de penser. C'est construire la soumission au lieu de former la responsabilité. On détruit l'estime de soi, cette base vitale sur laquelle un enfant, un adolescent, un citoyen peut se tenir debout, face à l'adversité.

Restaurer la confiance, raviver le bonheur

C'est pourquoi la juste autorité, qu'elle soit politique ou éducative, doit viser une seule chose : renforcer la confiance. C'est la condition de l'adhésion, du respect, de l'engagement. C'est elle qui permet aux jeunes de devenir acteurs de leur propre vie, et aux peuples d'embrasser un destin commun.

Une éducation bienveillante ne signifie pas l'absence d'exigence. Au contraire, elle invite chacun à donner le meilleur de lui-même. Elle repose sur l'idée que l'échec n'est pas une faute, mais une étape vers la réussite. Que chaque enfant mérite l'attention, le respect et le soutien. Que chaque adolescent, aussi révolté soit-il, attend une main tendue, une parole vraie, un regard confiant.

De la même façon, un peuple n'attend pas des promesses creuses ou des ordres venus d'en haut. Il attend qu'on lui parle vrai, qu'on lui dise pourquoi, qu'on l'associe aux choix. La démocratie, c'est la pédagogie des décisions. Comme l'éducation est la démocratie des familles.

Le bien commun comme boussole

Il faut donc rompre avec la logique punitive dans l'éducation comme dans la politique. Elle isole, fracture, assèche. Elle empêche la fraternité, cette énergie collective qui nous permet de surmonter les épreuves ensemble. Rappelez-vous : les Gilets Jaunes, les marches pour le climat, les mobilisations contre la casse des protections sociales. Elles disent toutes la même chose : nous voulons être associés, pas dominés. Nous voulons participer, pas obéir sans comprendre.

Un adolescent qui n'est ni écouté ni respecté cherchera ailleurs les repères que sa famille n'a pas su lui offrir. Il peut tomber dans les addictions, la violence, ou dans des formes de sociabilité parallèles. Ce que l'on refuse de construire par le lien se reconstruira dans la fracture.

Conquérir l'estime de soi : la mission commune de l'éducation et de la politique

Il n'y a pas de progrès possible sans estime de soi. L'autorité juste, qu'elle vienne d'un parent, d'un enseignant, d'un chef d'équipe, ou d'un responsable politique, est celle qui permet à l'autre de croire en lui, même quand il doute. Elle ne rabaisse pas. Elle n'humilie pas. Elle élève.

Un enfant qui a confiance en lui devient un adulte capable de respecter les autres, de coopérer, de créer. Une nation qui retrouve l'estime d'elle-même devient capable d'inventer un avenir commun, de résister aux forces de division, de relever les défis de notre temps – écologiques, sociaux, démocratiques, économiques.

Il est temps de réconcilier l'éducation et la politique avec leur finalité première : servir. Servir l'enfant pour qu'il devienne un adulte libre et responsable. Servir le peuple pour qu'il puisse construire son avenir dans la justice, la paix et la dignité.

Car, au fond, c'est cela la juste autorité : non un pouvoir sur l'autre, mais un engagement pour l'autre. Non une posture, mais une promesse. Une promesse tenue dans la durée. Et c'est cette promesse qui fonde le lien de confiance, entre un enfant et ses parents, entre un citoyen et sa République.

Qu'est-ce qu'une bonne autorité maternelle : aimer, protéger, faire grandir

C'est pareil quand on préside un pays.

La famille est la première institution éducative d'un pays. C'est là que se noue ou se dénoue la confiance en soi. C'est là que se construit ou se détruit le rapport à l'autorité, au respect, à la parole donnée. Et c'est là, souvent dans le silence du quotidien, que l'enfant apprend à être regardé, écouté, valorisé. Ou au contraire hélas, méprisé, ignoré, soumis, maltraité.

L'autorité parentale ne se résume ni à un pouvoir ni à un droit. C'est une responsabilité. Celle de protéger l'enfant, de lui offrir des repères stables, de lui transmettre les règles qui fondent la vie collective. C'est aussi un acte d'amour exigeant : poser des limites pour sécuriser, dire non pour éduquer, expliquer pour faire comprendre. Gouverner une famille, comme gouverner un pays, ne consiste pas à imposer des ordres, mais à faire émerger de l'adhésion.

C'est pourquoi j'ai toujours défendu une conception positive et équilibrée de l'autorité parentale, fondée sur trois piliers : la coparentalité, la bienveillance, et l'écoute active de l'enfant.

Il a fallu du courage pour faire évoluer le Code civil, encore marqué, à la fin du XXe siècle, par la vieille logique de l'autorité paternelle exclusive. Le père décidait, la mère appliquait. L'enfant, lui, obéissait. J'ai voulu rompre avec cette verticalité et cette inégalité. Car un pouvoir autoritaire, même dans la sphère familiale, produit de la peur, de la rancœur, parfois de la violence. Il ne forme pas des adultes libres. Il soumet des enfants silencieux. Et toute autorité a besoin d'un contre-pouvoir.

J'ai donc engagé la réforme de l'autorité parentale, qui a fait entrer dans la loi un principe fondamental : la parité parentale. Chacun des deux parents, qu'ils vivent ensemble ou séparément, a les mêmes devoirs à l'égard de l'enfant. C'est une avancée considérable. Cela veut dire que l'enfant n'est plus une possession, mais un sujet de droits. Que la séparation des parents ne doit pas être un effacement du lien. Et que l'éducation n'est pas une délégation, mais un engagement partagé.

J'ai également instauré la possibilité pour l'enfant de 13 ans d'être entendu par le juge dans les décisions qui le concernent. Parce que la parole de l'enfant doit être respectée. Parce que l'autorité, pour être juste, doit se conjuguer avec la reconnaissance. Et parce que le respect se cultive dès le plus jeune âge.

Mais l'autorité parentale, ce n'est pas seulement un cadre juridique. C'est aussi une présence au quotidien. Trop d'enfants vivent aujourd'hui avec des parents absents, émotionnellement. Rivés à leur téléphone, absorbés par leurs écrans, préoccupés par le tourbillon du travail ou des contraintes. Ils ne voient plus les signes, ne captent plus les appels silencieux d'un enfant qui cherche à dire qu'il va mal. Cette absence dans la présence, cette dissociation affective, est un des grands maux de notre époque. J'ai vécu ces épreuves avec mon implication professionnelle et politique. Un arbitrage permanent, une souffrance de ne pas être plus présente auprès de mes enfants, compensé par un souci permanent et une attention permanente. Mais quand un jour je suis contactée par la maîtresse de l'une de mes filles en primaire pour me montrer ce qu'elle a écrit comme souhait de cadeau de Noël : « que ma maman soit plus présente ». Ça m'a tordu le cœur et j'ai immédiatement réorganisé mon temps. Elle avait raison, pour mon bonheur aussi. Et aujourd'hui mes enfants sont tous heureux et épanouis. Et à leur tour parents, c'est fantastique. Au fond, la bonne question que tout parent doit poser à ses enfants régulièrement est : « Qu'est-ce que je peux faire pour être meilleur parent ? » J'ai vu tellement de parents qui auraient voulu rembobiner le film pour faire autrement, face à des enfants devenus adultes en difficulté de vie, ou devenus distants…

C'est pourquoi j'ai toujours plaidé pour la création de temps familiaux protégés, de lieux d'échange et de médiation, de soutiens à la parentalité, notamment pour les familles monoparentales, les plus exposées à l'épuisement. Une société qui n'aide pas les parents dans leur mission éducative est une société qui compromet son avenir. Et une politique familiale digne de ce nom est une politique qui considère chaque enfant comme une promesse à faire grandir, pas comme une charge à contenir.

La confiance est le levier le plus puissant. Ce que j'ai observé, dans tous les parcours éducatifs réussis, c'est qu'un enfant auquel on fait confiance déploie des ressources insoupçonnées. Qu'un adolescent à qui l'on donne une mission devient responsable. Que le respect donné est presque toujours rendu. L'autorité juste est celle qui émancipe, jamais celle qui écrase. C'est pareil avec un peuple.

Dans ce sens, la médiation familiale, autre réforme que j'ai inscrite dans la loi sur l'autorité parentale, a été pensée non comme un dispositif technocratique, mais comme un outil de pacification et de dialogue, pour sortir des logiques conflictuelles et redonner à l'enfant sa juste place. Parce qu'une autorité qui se dispute est une autorité qui s'efface. Et que les conflits parentaux non résolus sont souvent les prémices des détresses adolescentes. C'est pareil avec un peuple : trouver des lieux et des méthodes de médiation efficaces.

Enfin, la conquête de l'estime de soi, qui est le but ultime de toute autorité éducative, ne se décrète pas. Elle se nourrit dans l'encouragement, la valorisation, la reconnaissance des efforts plus que des résultats. Aider un enfant à s'aimer lui-même, à reconnaître sa propre valeur, c'est lui donner une force intérieure que rien ne pourra entamer. Et c'est aussi former un futur citoyen, capable d'aimer les autres et de s'engager dans le bien commun. C'est pareil avec un peuple : l'estime de lui-même est un des objectifs les plus nobles d'une présidence, et aucun citoyen ne peut être qualifié de Gaulois réfractaire ou de feignant qui ne veut pas traverser la rue. Ou pire encore de n'être rien.

Une crise de l'autorité ? Ou une crise de la manière dont elle est exercée ?

On entend souvent, dans le débat public, dans les éditos ou dans les rengaines de certains hommes politiques, « les jeunes ne respectent plus rien », « il n'y a plus d'autorité », « ils font n'importe quoi ». Ces phrases sont à la fois un constat d'impuissance et une démission intellectuelle. Elles traduisent non pas une crise des jeunes, mais une crise de regard sur la jeunesse.

Car poser la question de l'autorité en disant qu'elle est en crise, c'est souvent refuser de voir ce qui a véritablement changé : les jeunes d'aujourd'hui ne sont pas moins respectueux, ils sont moins dociles. Et c'est tant mieux. Ils ne veulent plus obéir sans comprendre. Ils veulent du sens, de la justice, de la cohérence. Ils veulent participer, être entendus, peser. Ce n'est pas une régression. C'est une exigence démocratique bienvenue et salutaire.

Il faut cesser de confondre autorité et autoritarisme. La première est une force qui élève. Le second, une contrainte qui humilie. Ceux qui regrettent l'« autorité d'autrefois » regrettent souvent une époque où l'on ne contestait pas, où l'on obéissait à la voix du père, à l'ordre du professeur, à la décision du maire. Mais ce monde-là portait aussi ses silences, ses injustices, ses blessures, ses violences.

L'une des sources de ces violences c'est l'adultisme, c'est-à-dire des attitudes qui placent systématiquement les adultes en position de supériorité sur les enfants et les jeunes, comme un droit de propriété sur eux au point de dévaloriser, minimiser ou ignorer leur parole, leurs besoins et leurs droits.

En d'autres termes, c'est une forme de discrimination fondée sur l'âge, où l'on considère qu'un jeune « vaut moins » qu'un adulte simplement parce qu'il n'est pas encore majeur.

Il en résulte un paternalisme excessif : décider « pour leur bien » sans tenir compte de leur point de vue ainsi qu'un usage abusif de l'autorité : imposer des règles ou sanctions sans justification ou dialogue. Au lieu d'éduquer en développant l'estime de soi et la confiance en soi. Comme le sexisme ou le racisme, il met en lumière un rapport de pouvoir inégal. Plus difficile à déconstruire car dans l'inconscient des parents il y a souvent cette croyance que l'enfant est leur propriété, ce qui leur donne des droits, alors que nous n'avons que des devoirs envers eux, que l'on a fait naître et qui n'ont rien demandé. Ce qui n'empêche pas de leur apprendre aussi leurs devoirs. Ils n'ont pas que des droits. C'est aussi cet abus d'autorité comme un droit de propriété qui conduit aux incestes familiaux dont est victime faut-il le rappeler, un enfant sur dix.

La vérité, c'est que les jeunes font ce qu'ils peuvent dans un monde adulte désorienté. Ils grandissent dans une société saturée d'injonctions contradictoires, de normes mouvantes, de discours culpabilisants sur l'avenir. Ils leur parlent d'écologie mais on les condamne à la précarité. Ils leur parlent d'effort mais on leur offre un horizon bouché. Ils leur parlent de respect mais ils voient les inégalités s'aggraver, les injustices prospérer, et le mépris des puissants se banaliser.

Et malgré cela, ils inventent, ils cherchent, ils s'engagent. Ils le font à leur manière, souvent hors des structures traditionnelles. Faut-il les condamner pour cela ? Non. Il faut les rejoindre, les écouter, et reconnaître leurs formes d'intelligence, de créativité, de rébellion positive.

La vraie autorité ne s'effraie pas des contestations : elle les écoute, elle s'en nourrit, elle y répond avec dignité. Une autorité qui se sent menacée dès qu'un jeune parle fort ou pense autrement n'est pas une autorité, c'est une peur maquillée. L'autorité réelle, celle qui construit, c'est celle qui accepte d'être mise à l'épreuve, car elle est fondée sur des valeurs stables et sur une confiance réciproque.

C'est pourquoi il est urgent de changer de regard sur la jeunesse. De sortir du mépris, de la caricature, du soupçon permanent. Oui, les jeunes peuvent être indisciplinés, provocateurs, déroutants. De n'entendre les ministres parler d'eux que pour la délinquance. Mais c'est le propre de la jeunesse que de déranger. C'est sa vitalité. C'est son apport irremplaçable à une société en quête de renouveau.

Et plutôt que de leur dire qu'ils « font n'importe quoi », osons leur dire que nous avons besoin d'eux. Pour construire un avenir plus juste. Pour réveiller les consciences. Pour réparer ce que d'autres ont abîmé. La société ne s'en sortira pas sans ses jeunes. Il ne tient qu'à nous de leur transmettre non pas l'angoisse, mais l'espérance. Non pas la résignation, mais le sens de la responsabilité partagée.

Alors non, les jeunes ne font pas n'importe quoi. Ils font ce qu'ils peuvent avec ce qu'on leur donne. À nous, adultes, parents, enseignants, responsables politiques, de leur donner mieux. Pas des ordres. Mais un cap, un cadre, une confiance. Et cette autorité-là, celle qui accompagne, qui éclaire, qui engage, n'a rien d'une crise.

Quand la victoire devient chaos : les émeutes post-football, symptôme d'une autorité absente

Rien n'est plus déroutant, et peut-être plus douloureux, pour une société qui se demande ce qu'elle a raté, que de voir une fête populaire basculer en violence. Quand l'équipe de France gagne, c'est tout un peuple qui vibre ensemble. Un stade, un écran géant, un balcon illuminé deviennent des lieux de fraternité spontanée. Et pourtant, ces soirs de liesse se terminent trop souvent maintenant, s'agissant du foot ou de la fête de la musique, par des vitrines brisées, des voitures incendiées, des forces de l'ordre débordées.

Alors, certains s'empressent de conclure : « Voilà la jeunesse qui ne respecte plus rien. » D'autres dénoncent un « ensauvagement » des banlieues. Des mots lourds, souvent instrumentalisés. Mais des mots qui ne disent rien de ce qu'il faudrait comprendre. Car la violence ne naît jamais de la joie, elle naît toujours d'un vide. Un vide de sens, un vide de lien, un vide d'autorité.

Ces scènes de chaos après une victoire ne sont pas le fruit du hasard. Ce n'est pas une fatalité. Elles sont le symptôme d'une autorité absente ou discréditée. Ce n'est pas l'autorité policière qui est en cause puisqu'elle intervient en bout de course, sur les conséquences, pas sur les causes. Mais une autorité éducative, civique, symbolique, qui aurait dû être là bien avant : dans la famille, à l'école, dans les quartiers, dans les comportements politiques.

C'est là qu'il faut dire une vérité simple mais exigeante : le problème n'est pas l'excès de liberté, mais l'absence de transmission. Les jeunes ne rejettent pas l'autorité. Ils rejettent l'arbitraire, l'hypocrisie, l'exclusion. Ils ne respectent plus les règles quand celles-ci leur apparaissent comme des outils de contrôle, et non comme des repères de justice. Et ils s'éloignent de la République quand elle ne leur offre ni place, ni parole, ni espoir. Et ils en profitent pour faire les imbéciles car il y avait, dans ces casses dans le centre de Paris, des jeunes des beaux quartiers aussi.

Alors bien sûr, la sanction est nécessaire quand il y a dégradation, violence, atteinte à autrui. Il ne s'agit pas d'excuser, mais d'agir pour que cela ne recommence pas. Et de prévenir. Et pour cela, il faut reconstruire une autorité légitime, incarnée, bienveillante et exigeante. Pas dans les discours du lendemain, mais dans la constance du quotidien.

Cela commence par l'école, par la valorisation des enseignants, par la stabilité des programmes, par l'apprentissage du respect mutuel. Cela passe par la famille, que la société doit soutenir, et non stigmatiser. Cela implique des figures d'autorité dans les quartiers, qui ne soient pas des forces de répression mais des forces d'inspiration. Des éducateurs, des adultes référents, des élus présents sur le terrain.

Et cela suppose, de la part de l'État, l'exemplarité républicaine. Car on ne peut pas exiger l'ordre sans incarner la justice. On ne peut pas appeler à la cohésion nationale quand on divise par la parole. On ne peut pas célébrer l'équipe de France comme miroir de la diversité, puis désigner certains jeunes comme indésirables, selon leur quartier ou leur origine.

Les émeutes après les victoires sportives ne sont pas un problème de football. Elles sont le miroir d'un malaise plus profond : celui d'une jeunesse qui ne sait plus si elle appartient vraiment à la fête. Elles nous obligent à poser les vraies questions : que signifie être citoyen ? Comment fabrique-t-on l'attachement au pays, à ses valeurs, à ses lois ? Par la peur ? Non. Par la fierté, la reconnaissance, et le sentiment d'être utile.

Et c'est cela, la juste autorité : redonner envie d'appartenir à la République, non par obligation, mais par conviction. Réussir non par discipline, mais par adhésion. Quand un jeune se sent respecté, valorisé, sollicité, il protège ce qu'on lui a confié. Il devient gardien du collectif, et non facteur de chaos.

Alors oui, il faut que la République tienne bon. Mais pour tenir bon, elle doit aussi tendre la main. Être ferme sans être injuste. Être présente avant d'être répressive. Être un foyer, pas une forteresse. C'est à cette condition que la victoire d'un match deviendra de nouveau une victoire pour tous. Et que l'autorité, loin d'être une contrainte, retrouvera sa plus belle définition : celle qui fait grandir. Autorité vient du latin *augere* qui veut dire : augmenter, faire grandir, promouvoir.

Il y a aussi des précautions évidentes à prendre dont on s'étonne de l'absence : cesser d'autoriser des fans zones dans le centre de Paris, et dans les centres des villes ; diffuser les grands matchs dans des stades sur écran ; mettre en place un couvre-feu pour les mineurs. Mais c'est quand même désolant d'en arriver là.

Et comment ne pas voir aussi que quand les élites trichent, les repères s'effondrent : le poison silencieux de la corruption politique

Il n'est pas de pire exemple pour la jeunesse que celui des responsables politiques qui se croient au-dessus des lois.

Chaque fois qu'un élu corrompu, fraudeur, menteur, manipulateur, violeur, est vu comme impuni, protégé, voire réélu, c'est toute l'idée même d'autorité républicaine qui s'effondre.

On ne peut pas, d'un côté, exiger d'un adolescent de respecter la règle, de rendre des comptes, d'assumer ses actes… et de l'autre, fermer les yeux sur les arrangements douteux, les conflits d'intérêts, les enrichissements personnels, les passe-droits des puissants, leur délinquance, les associations de malfaiteurs, les tricheries électorales, les détournements de fonds publics.

La corruption politique n'est pas un « abus privé ». C'est un acte qui affaiblit le lien social, sape la confiance dans les institutions, et installe un message destructeur : « Ce n'est pas la règle qui compte, c'est la ruse. » « Celui qui a du pouvoir peut tout se permettre. » « L'impunité est réservée aux bien-nés. »

C'est là le poison le plus toxique pour la démocratie : celui qui rend cynique, qui fait perdre foi dans la justice, qui incite à imiter la transgression plutôt que l'intégrité. L'éducation se fait d'abord par l'exemple.

Chapitre 3

Pour se construire en sécurité : protéger leurs racines

« C'est pour préserver ce qu'il y a de neuf dans chaque enfant que l'éducation doit être conservatrice. »

Magnifique, cette pensée d'Hannah Arendt. Apparemment paradoxale mais tellement profonde. Nul ne peut la soupçonner d'un quelconque conservatisme politique ou d'aveuglement idéologique. Dans son œuvre majeure (*Les origines du totalitarisme*, souvent copiée, jamais égalée) elle analyse les conditions de l'émergence du totalitarisme. Parmi elles se trouve l'atomisation sociale, c'est-à-dire l'isolement des individus en perte de repères traditionnels. La fabrique « d'hommes superflus », interchangeables, privés de personnalité, sans protection sociale ou politique. Cette solitude de masse crée un terrain favorable à l'adhésion à une idéologie totalisante. Car dans ce vide laissé par l'effondrement des repères s'engouffre une propagande globale et simple du monde. Avec un ennemi désigné. À ce titre, l'effondrement de la dignité des institutions politiques en plus des autres reculs (structures sociales, familiales, religieuses, territoriales, laborieuses dont les communautés ouvrières qui disparaissent avec la désindustrialisation et la précarisation du travail, mondialisation et migrations) laisse les individus isolés, désorientés, désabusés et ensuite prêts à abandonner leurs libertés et à se livrer à n'importe quelle propagande politique simplificatrice ou harangue radicalisée sur base religieuse ou raciste.

Éducation libératrice parce que conservatrice : cette idée, d'abord déroutante, contient une vérité évidente à mes yeux. Éduquer, ce n'est pas imposer une idéologie ni préparer un enfant à servir un système, c'est avant tout protéger ce qu'il y a de plus fragile et de plus libre en lui : sa capacité à commencer quelque chose de nouveau. Chaque naissance est un recommencement du monde, mais pour que ce recommencement puisse s'accomplir, il faut d'abord transmettre un socle, une continuité, un monde habitable.

Être conservateur, au sens d'Arendt, ce n'est pas figer, c'est conserver : préserver les trésors du passé, offrir des repères, donner une stabilité. L'enfant a besoin de ce cadre pour pouvoir, plus tard, inventer et transformer. Sans transmission, il serait livré au vide et à la confusion. Sans protection, sa liberté se briserait sous le poids du chaos. Avec une capacité de critique. Il ne s'agit pas d'idéaliser le passé pour en être prisonnier. Au contraire. C'est en en gardant le meilleur et en rejetant le reste à ne pas reproduire.

Au fond, quand on y réfléchit bien, on transmet pour libérer : sans socle, l'enfant tombe; avec lui, il s'élève. Conserver le monde, c'est donner à l'enfant la force d'en inventer un autre.

L'enfant vient avec un monde nouveau dans les yeux; l'éducation lui donne la terre ferme pour oser s'y élancer.

J'ai toujours été frappée, dans mes rencontres, par la capacité des jeunes à tenir debout dans des vents contraires, à résister à l'effondrement de leur environnement, à s'inventer des repères là où il n'y en a plus. Mais j'ai aussi vu ce moment terrible, celui où l'enfant vacille. Où plus rien ne le retient. Où il ne sait plus à qui il appartient, ni d'où il vient, ni pourquoi il devrait croire encore en l'avenir.

C'est là que tout commence. Ou que tout se défait

Les racines ne sont pas des chaînes. Elles sont des attaches de vie. Elles n'entravent pas l'émancipation, elles la rendent possible. Ce que certains appellent nostalgie, je l'appelle mémoire. Ce que certains voient comme un repli, je l'affirme comme une force. Parce qu'on ne grandit pas sans transmission. Parce qu'un arbre sans racines tombe au premier orage. Et parce qu'un enfant déraciné, c'est une société qui se désagrège.

Les racines ne tirent vers le passé que lorsqu'elles sont instrumentalisées pour servir d'atteinte aux libertés. Inversement elles doivent être assumées : bien sûr que les racines de l'Europe sont chrétiennes, d'où est venue cette frilosité ? C'est en assumant ses racines que l'on accepte mieux celles des autres.

Ils se sont disputés pour savoir s'il fallait inscrire dans la Constitution les « racines chrétiennes » de l'Europe. Oui, cet héritage existe. Il n'y a pas lieu de le renier, ou de l'ignorer, ou de l'opposer à la laïcité (c'est-à-dire le respect de toutes les croyances et non-croyance). Cet héritage chrétien a façonné l'art, la littérature, la philosophie, et certaines fêtes et jours fériés, devenus universels comme Noël. La splendeur et le nombre d'édifices religieux et d'objets d'art en témoignent. Notre-Dame de Paris brûle et le monde entier est à son chevet, en l'appelant du nom de la mère de Jésus.

Mais l'inscrire dans la constitution de l'Europe n'est pas justifié, car ce n'est pas un critère d'organisation des institutions. De plus, nous avons des racines entrecroisées : la pensée grecque, le droit romain, les Lumières, les philosophies laïques, les apports venus d'ailleurs. Reconnaître une racine ne doit pas signifier en couper d'autres. Car une Europe qui renie sa diversité se dessèche, et une Europe qui l'assume s'élève. Par conséquent, une inscription dans la constitution chargée d'organiser le fonctionnement des institutions aurait paradoxalement affaibli les racines chrétiennes, qui seraient si peu sûres d'elles-mêmes qu'elles recherchent une protection de papier...

Ce chapitre est un plaidoyer pour les racines. Celles qui donnent le sentiment d'appartenance. Celles qui sécurisent. Celles qui rendent capable de résister aux fractures. Celles qui relient les enfants aux parents, les vivants aux disparus, les citoyens à leur territoire, et la République à ses promesses. Pas celles qui sont instrumentalisées pour enfermer dans le passé, y compris quand il pèse négativement.

Je l'ai toujours dit : l'ordre juste commence par là. Par la protection de ce qui fonde. Ce n'est pas de l'inertie. C'est de la fidélité. À ce qui fait qu'un enfant peut dire un jour : « Je sais qui je suis. » Et plus tard : « Je sais ce que j'ai à transmettre. Ce que je retiens de ce que j'ai reçu, et ce que je change. » En ayant entre-temps construit son histoire, et fait pousser à partir des racines, ses branches et ses feuillages. Les racines ne sont pas des souches. Un Français « de souche » aurait du mal à grandir, une souche c'est une racine d'arbre abattu…

Alors, comment réparer leurs racines ? En écoutant, en racontant, en transmettant. En tissant les liens là où ils ont été rompus. En refusant la désinvolture, qui détruit par méconnaissance ce que des générations ont patiemment bâti. En recréant des lieux, des mots, des gestes où les enfants se sentent reliés.

Ce combat pour les racines est un combat pour la sérénité. Pour l'égalité. Pour la dignité. Et pour la beauté du monde à venir.

Préserver les racines d'un enfant – son ancrage familial, culturel, affectif et identitaire – est une mission qui n'a rien d'anecdotique. C'est ce qui lui donne la sécurité intérieure, la force de se projeter, la capacité à se tenir debout quand le vent des épreuves souffle trop fort. Ces racines, c'est ce qui fonde l'identité, ce qui relie au passé et éclaire le chemin de l'avenir. Certains pensent que les racines tirent en arrière, assignent à un passé pas toujours réussi, empêchent l'émancipation. Mais non, si l'on apprend à l'adolescent qu'il peut améliorer cet héritage ou le transformer.

Pourquoi est-ce essentiel ?

Pour la sécurité émotionnelle. Les racines – les traditions, la mémoire familiale – donnent le sentiment d'appartenance qui protège du vertige de la solitude. Sans elles, l'enfant vacille. Avec elles, il tient bon, parce qu'il sait d'où il vient. Et cette force intérieure l'ouvre aux autres. Ceux qui ont une identité solide acceptent mieux la différence.

Pour la construction identitaire. L'adolescence pose une question redoutable : « Qui suis-je ? » Pour y répondre, il faut avoir entendu un jour : « Voilà d'où tu viens. » C'est la première marche pour se forger une identité cohérente.

Pour la résilience face aux chocs. Quand la vie arrache – un déménagement, une migration, un deuil –, ce sont ses racines qui empêchent le déracinement complet. Sans elles, le risque d'anxiété, d'errance, explose.

Pour la transmission. Ces racines nous inscrivent dans une lignée. Elles donnent la certitude de ne pas être un hasard, mais un maillon dans la chaîne des générations.

Alors que faire ? Raconter des histoires, redire les prénoms des ancêtres, transmettre des recettes, chanter les chansons de l'enfance. Tout ce qui relie et qui rassemble. Je l'ai vu tant de fois : un arbre généalogique réalisé avec un enfant vaut mieux qu'un long discours sur « l'identité ».

Ne méprisons jamais les rituels joyeux. C'est la poésie des familles. Ils sont la force des peuples. Les chercheurs le disent : la langue d'origine, loin d'enfermer, donne une agilité intellectuelle. Et pourtant, combien de regards condescendants sur les prénoms, les accents, les fêtes différentes…

C'est vrai ce qu'écrit Françoise Héritier : « Une bonne éducation doit nous maintenir en liaison avec ceux qui nous ont précédés. »

Et Simone Weil, avec la fulgurance de son jeune âge et d'une vie de philosophe tellement engagée auprès des plus humbles : « Le déracinement est la maladie la plus dangereuse des sociétés humaines. » Par exemple les ouvriers déplacés massivement pendant l'industrialisation, l'exode rural qui prive des villages et des traditions, les populations déplacées par la guerre ou la colonisation, les jeunes qui perdent le contact avec la culture, la mémoire familiale, le territoire, état aggravé par les heures sur internet. Et cela vaut sous toutes les latitudes.

Je le crois profondément : un arbre déraciné meurt. Un enfant déraciné comme un peuple déraciné en est malade.

Qui gardera leurs repères ? L'ordre juste

Car les racines ne suffisent pas sans des repères clairs. Et ces repères, ce doit être l'ordre juste. Pas l'ordre autoritaire, qui écrase. Pas l'absence d'ordre, qui délaisse. L'ordre juste, qui protège et responsabilise.

Je l'ai proclamé un jour de mai 2006, à Bondy, après des violences urbaines : « Je veux l'ordre juste. » Et ce mot, étonnamment, a fait scandale. Comme si, à gauche, parler d'ordre était une trahison. Comme si nous avions renoncé à incarner la justice dans l'ordre républicain.

J'ai tenu bon. Parce que je savais qu'un ordre qui ne protège pas est un désordre. Et qu'une justice sans règles est une illusion. L'ordre sans justice, c'est l'autoritarisme. La justice sans ordre, c'est le chaos.

J'avais compris très tôt que le désordre s'installe quand la société ne tient plus ses promesses. Et aujourd'hui, jamais les désordres n'ont été aussi violents : désordre économique, environnemental, éducatif, social. Les fractures béantes nourrissent la colère et la peur.

L'ordre juste, c'est l'équilibre entre droits et devoirs. C'est le contrat sans tricheurs. C'est dire aux jeunes : « Nous croyons en toi, mais nous ne tolérerons pas que tu détruises. » C'est prévenir avant de punir, mais ne jamais laisser s'installer l'impunité. Parce que la sanction, quand elle est rapide et proportionnée, devient éducative.

Je l'ai toujours affirmé : « La sanction est une éducation. » Elle ne doit pas attendre la récidive, sinon elle perd son sens. Quand un enseignant punit, il le fait immédiatement. Pourquoi en irait-il autrement pour la société ?

C'est pourquoi j'ai défendu – et je le redis avec force – des mesures simples et justes :

- réintroduire une police de proximité, qui connaît les familles et apaise;
- créer des internats de proximité, pour offrir à ceux qui n'ont rien la même chance que les privilégiés qui envoient leurs enfants en Suisse;
- encadrer militairement les jeunes en rupture, pour leur redonner discipline, sport, culture, apprentissage d'un métier;
- conditionner les allocations à l'intérêt de l'enfant : cantine payée, fournitures achetées, en direct si les parents sont défaillants;
- briser l'anonymat des réseaux sociaux, tout en apprenant aux élèves à s'en servir pour le meilleur;
- et surtout : ne jamais baisser les bras devant la souffrance adolescente.

Un adolescent sur dix a pensé au suicide après le confinement. La société doit être là. Avec des lieux, des adultes, des perspectives. Avec le droit au rêve.

Ne laissons pas la France se déraciner

Car ce que je dis pour les enfants vaut aussi pour nos territoires. Comment s'étonner que les jeunes cherchent ailleurs des repères quand on efface, à la serpe, les identités régionales ? Quand ils ont fait disparaître l'Alsace, la Lorraine, la Champagne-Ardenne, le Limousin, la Picardie, le Languedoc-Roussillon, le Poitou-Charentes, ces noms qui chantaient la France, sa géologie, sa géographie, ses fêtes, parfois ses langues locales et ses productions agricoles de terroirs, dans une cartographie dictée par des experts déconnectés, une cartographie aussi desséchée et rabat-joie que les auteurs de cet arrachement qui fut si douloureux pour les habitants qui n'ont pour seul tort de ne pas être « mondialisés » ? Quand ils ont remplacé l'Alsace et la Lorraine et Champagne-Ardenne par le mot Grand Est, ils ont cru faire œuvre de modernité. L'ignorance de l'histoire de France ou la bêtise au front bas, on hésite. Sans doute les deux.

Je l'ai vécu dans ma chair. Dix ans d'efforts avec les habitants pour donner à la région une identité forte, une avance agricole, environnementale, éducative, culturelle, démocratique reconnue de tous, balayée par une réforme brutale, sans concertation, sans écoute. Et pour quoi ? Pour un désordre administratif qui coûte plus cher qu'il ne rapporte.

On ne joue pas impunément avec les racines d'un peuple. Pas plus qu'avec celles d'un enfant ou d'un adolescent. Parce que le déracinement, toujours, finit par produire la violence.

Alors oui, il est temps de restaurer des repères clairs. Pour nos enfants. Pour nos territoires. Pour notre démocratie. Parce qu'un pays qui coupe ses racines prépare les tempêtes.

Protéger les racines d'un enfant ou d'un adolescent – ancrage culturel, familial, émotionnel, spirituel et identitaire – n'est pas un supplément d'âme : c'est la condition première de son équilibre, de sa résilience et de sa capacité à affronter la vie avec confiance. Sans racines, pas de tige solide, pas de ramure, pas de fruits. Avec des racines vivantes, l'enfant peut grandir, explorer, s'éloigner même… parce qu'il sait qu'il peut revenir. C'est de là que tout part.

Dans les familles rencontrées, dans les classes, dans les villages reculés comme dans les quartiers urbains secoués par les crises, j'ai vu des enfants tenir debout parce qu'on avait protégé leur héritage intime ; les mamans accueillies à l'école, pour faire une fête avec les cuisines d'origine, c'est toute une fierté pour les enfants. J'en ai vu vaciller quand cet héritage avait été méprisé ou cassé. Garder les racines, c'est offrir à chaque enfant une boussole intérieure. Garder les repères, c'est lui donner la carte et l'échelle pour lire le monde. Qui s'en charge ? Nous tous. Parents, enseignants, éducateurs, élus, associations, citoyens, médias.

Mais une question cruciale se pose, de plus en plus fortement aujourd'hui : comment permettre aux populations venues d'ailleurs de conserver leurs racines tout en s'intégrant pleinement à la République ? Le fameux débat sur l'intégration ou l'assimilation.

Il faut d'abord dire une chose essentielle : l'intégration ne signifie pas l'oubli de soi. Elle n'exige pas l'effacement de ses origines, mais leur traduction, leur partage, leur compréhension dans un cadre commun. Ce que nous devons bâtir, c'est une société où chacun est autorisé à porter ses racines, à les faire fructifier, à les transmettre – sans les ériger en clôture, ni les cacher par peur d'être jugé. Mais en respectant la culture du pays qui accueille.

Cela suppose une pédagogie collective des identités croisées. Cela suppose, dans les quartiers, dans les écoles, dans les services publics, un langage commun qui ne soit pas un monologue mais un dialogue. Une République ferme, mais bienveillante. Exigeante, mais juste.

Préserver les racines, ce n'est pas figer les enfants dans une culture d'origine qui a ses arbitraires et ses défauts comme toute culture. C'est les inviter à relier leurs appartenances. L'école, ici, a un rôle important à jouer : valoriser les langues parlées à la maison, expliquer les histoires familiales dans le respect des faits et de la laïcité, favoriser les récits de double culture sans essentialiser ni stigmatiser. Et sans tolérer le dénigrement de la culture et des principes et valeurs du pays qui accueille.

L'intégration républicaine n'efface pas les racines : elle les rend compatibles avec l'universel. Ce travail de compatibilité – exigeant, patient, lucide – doit être mené à deux voix : celle de la société d'accueil et celle des familles venues d'ailleurs. L'ordre juste, ici encore, est notre meilleure boussole. Il refuse à la fois l'assimilation autoritaire et le repli communautaire. Il propose un équilibre : chacun garde ses racines, à condition que ces racines ne servent ni à exclure l'autre, ni à rejeter la loi commune.

Quand les enfants d'immigrés sentent que leur héritage culturel est reconnu sans être sacralisé, ils s'intègrent avec confiance. Ils n'ont plus besoin de choisir entre deux mondes. Ils deviennent des passeurs. Ils deviennent ce que la République espère d'eux : des citoyens enracinés et ouverts, loyaux et créatifs, fiers de leurs héritages, capables de les partager. Et d'intégrer la part de leur nouvelle histoire.

En un mot, l'idéal, pas facile mais réalisable, du cercle vertueux de l'intégration par les racines. Et c'est cela que nous devons construire ensemble.

La désinvolture politique sape les racines

Les décisions prises loin du terrain ignorent les secousses du sol.

J'ai vu, de mes yeux, des réformes imaginées dans des cabinets ministériels sans même consulter ceux qui allaient devoir les appliquer. Des réformes scolaires sans enseignants. Des lois sur l'hôpital sans médecins. Des lois sur les territoires sans maires. Et ensuite, on s'étonne des blocages. Il n'y a pas de réforme durable sans alliance avec ceux qui font. L'intelligence du terrain vaut plus que l'arrogance des algorithmes.

Être élu, ce n'est pas être sacré. C'est être mandaté.

La désinvolture, c'est aussi cette posture hautaine qui consiste à considérer que l'élection autorise tout. Ce n'est pas parce qu'on a été élu qu'on peut se permettre de décider sans expliquer, de réformer sans évaluer, d'agir sans écouter. Le pouvoir ne confère pas une supériorité morale. Il oblige. Il engage. Il expose. Le pouvoir exercé avec désinvolture devient une violence institutionnelle. Et cette violence appelle la colère. La rue, quand elle se soulève, ne dit pas toujours non aux réformes : elle dit non à la manière de faire.

Le pouvoir ne s'exerce jamais seul. Il se mérite dans la durée comme un arbre qui met du temps à pousser. Il se partage avec le peuple. Il se contrôle dans le dialogue. C'est pourquoi la démocratie participative n'est pas un gadget. C'est un garde-fou contre l'isolement du sommet, contre la verticalité stérile, contre cette tentation sourde de croire que l'intuition d'un seul peut remplacer la délibération d'un peuple.

Il est temps de réconcilier décision et délibération. Réforme et respect. Pouvoir et humilité.

Car la désinvolture finit toujours par produire du désordre. Et le désordre, on le sait, est le lit de tous les extrémismes. Le contraire de la désinvolture, c'est l'attention, le dialogue, le travail pour ne jamais perdre le contact. Perdre le contact avec un peuple, ou perdre le contact avec un adolescent, crée un moment de fragilité extrême, un point de bascule qu'il faut absolument freiner pour réparer, avant que les conséquences ne deviennent irréversibles. Voilà pourquoi il est peut-être utile de partager ce « mode d'emploi ».

Que dire à un adolescent quand on croit avoir perdu le contact

1. Reconnaître la distance, sans accuser

Même si la relation semble rompue, il est important de poser des mots simples :

« J'ai l'impression que nous avons pris de la distance… mais je tiens toujours à toi. »

« Peut-être que tu n'as pas envie de me parler en ce moment, je le respecte. Mais sache que je suis là. »

Cela permet à l'adolescent de sentir que l'adulte voit la difficulté sans culpabiliser ni dramatiser.

2. Rassurer sur l'amour inconditionnel

Un adolescent teste, provoque, s'éloigne, mais il a besoin d'entendre que le lien ne se brisera pas :

« Quoi qu'il arrive, je t'aimerai toujours. Même si tu te fermes, je suis ton point d'appui. »

« Tu n'as pas besoin d'être parfait pour être aimé. »

Répéter que l'amour reste intact donne une base sécurisante.

3. Redonner confiance par la reconnaissance

Valoriser l'adolescent, même sur de petites choses :

« J'ai vu que tu as persévéré malgré la difficulté, et ça m'impressionne. »

« J'aime la façon dont tu réfléchis, tu as une manière unique de voir les choses. »

La reconnaissance sincère construit l'estime de soi.

4. Ouvrir un espace de parole libre

Proposer le dialogue sans l'imposer :

« Si un jour tu veux m'en parler, je suis prêt à t'écouter, sans te juger. »

« Tu peux dire ce que tu ressens, même si c'est contre moi. Je préfère que tu le dises plutôt que tu le gardes en toi. »

L'adolescent doit sentir qu'il peut s'exprimer sans craindre le rejet.

5. Offrir des gestes concrets de présence

Parfois, les mots comptent moins que les actes :

Lui proposer une activité neutre (« On va marcher ? » « On regarde un film ensemble ? »)

Le rejoindre dans ses centres d'intérêt (musique, sport, jeux, réseaux).

La présence silencieuse est parfois plus sécurisante que les discours.

6. Redonner un horizon

L'adolescence est un âge d'incertitude : il faut aider à projeter un futur possible.

« Je crois en toi, avance sur ton chemin, même si tu doutes aujourd'hui. »

« Tu as en toi plein de talents que tu ne vois pas encore, mais moi je les vois. »

L'adulte devient le gardien de l'espérance quand l'adolescent ne peut plus y croire seul.

7. Accepter les silences

Il arrive qu'un ado ne réponde pas, détourne le regard, ou ferme la porte.

L'essentiel est de continuer à envoyer des signes de présence, sans pression : un mot glissé, un « bonne nuit », une main posée sur l'épaule.

Même quand il ne répond pas, l'adolescent reçoit ces gestes comme des preuves de sécurité.

En fait, quand on croit avoir perdu le contact avec un adolescent, il ne s'agit pas de forcer la parole, mais de rassurer, valoriser, offrir un socle d'amour inconditionnel et de présence.

C'est en protégeant son sentiment de valeur, en respectant son rythme et en croyant en lui qu'on l'aide à se reconstruire. C'est pareil avec un peuple pour reconstruire un lien rompu.

Et c'est tellement passionnant de les voir grandir et devenir un autre.

Prolongation : protéger et guérir l'enfant en soi

Chaque adulte porte en lui un enfant. Cet enfant intérieur, parfois oublié, parfois blessé, continue de vivre derrière les gestes du quotidien. C'est lui qui garde la mémoire des premières joies, mais aussi des premières douleurs. Protéger cet enfant, c'est accepter de l'écouter, de lui laisser une place, de ne pas l'étouffer sous le poids des responsabilités.

Mais protéger ne suffit pas : il faut aussi guérir. Beaucoup d'adultes portent en eux les blessures de leur enfance – une parole humiliante, une peur jamais apaisée, un manque d'amour. Ces blessures, si elles ne sont pas reconnues, se transmettent malgré nous aux enfants d'aujourd'hui. Guérir l'enfant intérieur, c'est donc un acte de responsabilité : se donner la chance d'apaiser ses propres manques pour ne pas les faire porter aux générations suivantes.

Attention aussi à ne pas se focaliser sur ses malheurs qui imprègnent davantage la mémoire que les bonheurs. Se remémorer les bonheurs de l'enfance, par des photos par exemple, c'est une façon de chasser les ombres.

L'enfant en nous a besoin de beauté, de douceur, de reconnaissance. Il a besoin qu'on lui tende la main, qu'on l'autorise à jouer, à rêver, à être consolé. C'est en prenant soin de lui que nous devenons capables de protéger les vrais enfants, ceux qui comptent sur nous.

Guérir l'enfant intérieur, c'est finalement renouer avec cette source d'amour et de créativité qui ne vieillit jamais. C'est refuser le cynisme. C'est rester capable d'émerveillement, de tendresse, de justice. Et c'est cette guérison intime qui donne la force d'affirmer : les enfants d'aujourd'hui ont droit à la beauté, parce que l'enfant en chacun de nous continue de la réclamer.

Partie III

Résister et inventer le futur

Chapitre 1

Qui va les protéger du virilisme toxique ?

Le virilisme, je l'ai connu. J'en ai souffert. Il ne m'a pas abattue.

Les barbouzes, ou comment abattre une femme avec quatre enfants

Le 17 août 2006, alors que je suis en tête dans les sondages pour la présidentielle, mon domicile est saccagé. Pas cambriolé. Saccagé. Les placards vidés, les meubles entassés, le tout s'amoncelant dans un désordre indescriptible. Un viol de domicile, d'intimité, une démonstration violente de vulnérabilité, les objets personnels de mes enfants étalés sur leur lit pour bien signifier ce que je risque. C'est une opération ciblée. Ordonnée. Elle se répétera trois fois, à partir de 2006, chaque fois à la veille d'un moment politique important; les mêmes méthodes. On vole les ordinateurs. On entre dans l'intimité. On aligne au sol ou sur leur lit les affaires de mes enfants pour indiquer, on revient quand on veut. Les procès-verbaux de police, qui à chaque fois est venue sur les lieux, effarée du saccage constaté, sont précis et relatent même que lors du second saccage, une copie du procès-verbal du premier saccage est posé en évidence sur l'amoncellement de meubles et de vêtements jetés en tas. Les plans de mon domicile seront retrouvés lors d'une perquisition (dans le cadre d'une autre affaire de barbouzerie le concernant) dans le coffre de Bernard Squarcini… qui sera nommé par mon adversaire pour lequel il travaillait, dès juin 2007, directeur de la Surveillance du territoire, pour services rendus j'imagine.

L'auraient-ils fait contre un homme ces barbouzes aux ordres ? Je ne crois pas.

Cette violence n'a pas seulement pour but de faire peur. Elle vise plus profondément : elle cherche à humilier et à faire lâcher prise. À renvoyer à la figure de la femme vulnérable, pas protégée.

La triche n'a pas été que financière. Mon équipe rapprochée aussi a vu des domiciles visités et les ordinateurs volés. Ils avaient tout : les adresses, les rendez-vous, les déplacements. C'était facile : mon adversaire était ministre de l'intérieur le jour et candidat le soir... bien protégé...

Ce que je dis ici n'est pas une plainte. C'est un constat politique. Ce n'est pas moi seulement qu'on attaquait. C'est ce que je représentais : une femme solide malgré les épreuves et les trahisons, une mère debout, une force calme dans un monde d'hommes nerveux, une candidate entourée d'équipes formidables, aimée des foules.

Le virilisme toxique ne se satisfait pas de dominer. Il veut faire taire. Il veut désarmer. Il veut décourager les femmes en leur faisant comprendre qu'elles paieront toujours plus cher que les hommes qui se serreront les coudes pour l'éliminer, même adversaires, avant de reprendre la lutte entre eux.

Quand l'histoire semble régresser

Nous pensions que le cours de l'histoire allait dans le sens du progrès. Que les combats des générations précédentes avaient ouvert une voie irréversible vers plus d'égalité, de liberté, de respect. Et pourtant. Vingt ans plus tard, les violences faites aux femmes ne diminuent pas. Je le disais déjà en 2007 : une femme est tuée tous les trois jours. Cette réalité tragique n'a pas changé. Elle persiste. Elle s'ancre. Elle interroge sur la volonté à faire de ce combat une priorité nationale.

Les coûts de la virilité toxique pour une société sont immenses, multiformes et souvent invisibles, car ils traversent tous les domaines : santé, sécurité, économie, éducation, justice, environnement.

Que ce soit le coût humain : souffrance, morts évitables et traumatismes durables, ou que ce soient les violences conjugales et sexuelles : chaque année, des milliers de femmes subissent des violences physiques, psychologiques ou sexuelles (en France, 230 000 femmes sont victimes de violences conjugales par an; plus de 100 femmes tuées par leur conjoint). Que ce soient enfin les traumatismes psychiques : enfants témoins, femmes détruites, victimes d'inceste, adolescents confrontés à la violence des pairs ou à des modèles de domination destructeurs.

Il y a aussi l'impact sur les suicides : la virilité toxique interdit aux hommes d'exprimer leur détresse – les hommes représentent 75 % des suicides en France. C'est une virilité qui tue en silence, de l'intérieur.

Et bien évidemment les dégâts sur la santé mentale des jeunes filles : les injonctions patriarcales et les violences sexistes amplifiées par les réseaux sociaux mènent à des taux records de dépression, de TCA (troubles du comportement alimentaire) et d'automutilation chez les adolescentes.

Le coût économique direct et indirect mérite aussi d'être souligné :

Violences conjugales : environ 3,6 milliards d'euros par an (rapport du Haut Conseil à l'Égalité 2016), incluant soins médicaux, arrêts de travail, hébergement d'urgence, justice, accompagnement social.

Prison, justice, sécurité : la quasi-totalité des délits violents sont le fait d'hommes (97 % des auteurs de violences sexuelles, 90 % des condamnés). Coût de l'incarcération, des procès, des mesures de protection.

Accidents de la route : 84 % des auteurs d'accidents graves sont des hommes. Cela coûte environ 44 milliards d'euros par an à la collectivité (ONISR 2022), sans compter les coûts humains et sociaux associés.

Retard de développement : dans les pays où les inégalités de genre sont fortes, la croissance est plus lente, les sociétés plus violentes, moins éduquées.

Le coût éducatif et social se voit dans les modèles virilistes dans les écoles, les réseaux sociaux, les jeux vidéo, les séries : glorification de la domination, du silence émotionnel, du pouvoir par la force ; dans le décrochage scolaire accru chez les garçons en difficulté, et dans la souffrance massive chez les filles suradaptées.

Le coût environnemental est moins connu mais réel. Il y a une ressemblance entre la violence faite aux femmes et la violence faite à la nature avec les prédateurs qui maltraitent, salissent, exploitent, trop souvent en toute impunité. La nature violée ne s'appartient plus. Une étude britannique (2022) a montré que les comportements dits virils sont plus polluants : surconsommation d'énergie, refus de comportements écologiques jugés « féminins » (tri, alimentation équilibrée, sobriété). La logique de domination masculine sur la nature, les ressources et les autres êtres vivants est historiquement associée au patriarcat.

Le coût démocratique et politique est réel en termes d'abus de pouvoir, d'éloignement des femmes par fatigue devant ces comportements.

La virilité toxique n'est pas la masculinité. C'est une construction sociale archaïque qui nuit à tous : aux femmes, aux hommes, aux enfants, à la planète. Elle nous empêche de bâtir une société apaisée, égalitaire, intelligente. Elle enferme les garçons dans des rôles qui les détruisent, rend les filles vulnérables et invisibilise les souffrances. Son coût est incalculable car il atteint la dignité même du lien social. C'est une masculinité positive qu'il faut défendre. La virilité est un concept normé, plus étroit, censé correspondre à la force, au muscle, au courage, à l'endurance. Elle bascule dans le toxique quand elle se transforme en force de domination, de destruction, d'agression, de rejet des émotions et de l'empathie, de violence. Elle piège aussi les hommes dans un carcan qui leur est imposé sous peine de harcèlement (gonzesse, etc.). La masculinité au contraire se définit au pluriel. Elle comprend plusieurs types de comportements qui intègrent l'harmonie et la complémentarité avec le féminin. Par exemple, il y a eu dans l'histoire l'idéal de masculinité chevaleresque.

« Ce n'est pas l'émancipation des femmes qui est dangereuse, c'est le maintien d'un ordre viriliste qui détruit. » Voilà ce qu'il faut marteler.

Quelles sont les conséquences du virilisme toxique sur le déclenchement des guerres ?

C'est une question essentielle – et souvent taboue – tant elle touche au cœur des mécanismes de pouvoir, de violence et de domination qui ont structuré l'histoire du monde. Cette réflexion s'ancre dans un humanisme politique : l'idée que la paix, la coopération, la prévention des conflits passent aussi par une remise en cause des modèles virilistes du pouvoir.

La virilité toxique, matrice des conflits

L'histoire des guerres est, pour l'essentiel, une histoire d'hommes. D'hommes en position de pouvoir, de conquête, de rivalité. De chefs galvanisés par la peur, la force, la compétition. De dirigeants exaltés par le goût du territoire, de la domination, du sang versé pour l'orgueil national. Ce n'est pas une coïncidence : c'est une construction culturelle millénaire, fondée sur la confusion entre virilité, puissance et violence.

Je n'ai jamais entendu de propos virilistes guerriers de la part de mon père, militaire de carrière. Au contraire. Je sentais qu'il avait beaucoup souffert de la guerre d'Algérie et des ordres reçus de méthodes infâmes (jamais entendu parler des « bienfaits de la colonisation ») et je me souviens de ses mots de respect pour le courage des combattants algériens qui défendaient leur pays dont la beauté de la culture a été massacrée, autant que de sa consternation douloureuse pour l'abandon des harkis. Je me souviens aussi de son admiration pour l'Afrique en général et pour les tirailleurs sénégalais en particulier, dont j'ai entendu parler très tôt dans mon enfance. Justice ne leur a toujours pas été rendue d'ailleurs, pas plus que n'a été réglé l'accès aux archives et à l'identité complète de ceux qui ont été massacrés à Thiaroye. Il faut le faire. Tout comme il faut rendre au continent africain tous les biens culturels volés ou achetés à vil prix pendant les périodes coloniales. C'est lié. Et cette rétention est un problème moral, un déni de réparation, un paternalisme culturel, une mémoire confisquée, un accaparement contraire à la mission culturelle de la France qui est celle du dialogue des civilisations. Le formalisme juridique (« l'inaliénabilité des collections publiques ») est bien commode pour excuser une rétention illégitime, comme un prolongement du colonialisme. La France a manqué et manque une opportunité d'un partenariat respectueux et égalitaire qui a accéléré son éviction du continent. Un tel obscurantisme de la part du pays des Lumières, est consternant. Il faudra y remédier.

Le modèle guerrier : une masculinité en crise

Depuis l'Antiquité, la virilité est associée à la capacité de faire la guerre, de tuer, de conquérir. Le chef est un soldat, un « mâle alpha », un homme de poigne. Cette représentation est encore à l'œuvre dans de nombreux régimes autoritaires contemporains et parfois même dans les démocraties fragilisées, comme Bolsonaro qui brandissait des armes en meeting. Ces postures virilistes sont des appels symboliques à la violence légitime, à l'instinct guerrier, à l'affrontement permanent.

Cette manière d'exercer le pouvoir empêche la négociation, ridiculise la diplomatie, et valorise la brutalité. C'est le contraire de la politique telle qu'elle devrait être : le dialogue au service de l'intérêt général. Ce qu'il faut bien comprendre c'est que le virilisme empêche d'avoir une vision stratégique. Il conduit par définition à une surenchère guerrière immature afin de ne pas être « le faible ». Et les courtisans savent comment flatter et pousser cette logique, qui, en fait, conduit à une logique de lâcheté. L'histoire montre que pour défendre la paix et la négociation il faut une force morale et une intelligence supérieures. Comme Nelson Mandela, Desmond Tutu, Gandhi, Abraham Lincoln, Martin Luther King, Willy Brandt, John F. Kennedy, Jean Jaurès, qui le paiera de sa vie alors qu'il avait prodigieusement raison sur tout, et plus loin de nous, François d'Assise qui s'oppose aux croisades, Erasme qui dénonce la folie des guerres face à l'éducation et à la raison, Montaigne qui critique l'absurde soif de gloire guerrière. Charles de Gaulle qui s'oppose à des généraux qui refusent la décolonisation. Pour ne citer que quelques exemples.

La testostérone au sommet des États ?

Des chercheurs, notamment en neurosciences comportementales, ont étudié le lien entre testostérone, agressivité, prise de risque et exercice du pouvoir. Certains concluent que des pics hormonaux peuvent altérer la lucidité, renforcer les logiques de compétition, et favoriser des comportements impulsifs.

Christine Lagarde, alors à la tête du FMI, expliquait ainsi la crise financière de 2008 par une concentration de pouvoir masculin : « Si Lehman Brothers avait été Lehman Sisters, la crise aurait été différente. »

La virilité toxique pousse à la guerre économique comme à la guerre armée, parce qu'elle est fondée sur l'humiliation de l'autre, la logique du vainqueur, la peur de perdre la face.

Guerre et impunité : le droit contre la brutalité

Dans les conflits armés, les violences sexuelles sont systématiquement utilisées comme armes de guerre. Ce sont des crimes de domination viriliste, d'avilissement des femmes, d'attaque symbolique de l'ennemi par l'atteinte à « sa » communauté. Viol des femmes, enlèvement des jeunes filles, massacres ethniques à connotation sexuelle : cela n'est pas un dommage collatéral, c'est une stratégie de terreur.

La culture de l'impunité masculine est encore trop forte. Dans bien des cas, les responsables politiques ou militaires échappent à la justice internationale. Parce qu'ils incarnent une virilité de pouvoir intouchable. Là encore, le combat féministe rejoint le combat pour la paix.

Les femmes sont trop souvent exclues des négociations de paix, alors même que les processus de paix auxquels elles participent sont statistiquement plus durables. Pourquoi ? Parce qu'elles portent d'autres priorités : la sécurité humaine, la reconstruction, la justice, les soins, l'avenir des enfants.

Promouvoir davantage de femmes dans les espaces de pouvoir, ce n'est pas une question de quotas ou de décor : c'est une aide au processus de paix.

Comment remettre en cause le pouvoir viriliste pour construire la paix et libérer l'action diplomatique ? On aura remarqué que, dès qu'une proposition diplomatique s'oppose à une logique d'agressivité ou de guerre, elle est immédiatement qualifiée par les défenseurs du rapport de force viriliste comme une « diplomatie des bons sentiments ».

Oui, la virilité toxique est un facteur structurel du déclenchement des conflits. Parce qu'elle pousse à la conquête, au mépris, à la violence.

Parce qu'elle se nourrit de l'idée absurde selon laquelle un vrai chef est celui qui impose, écrase, décide seul. Et parce qu'elle s'entretient à travers des générations d'éducation patriarcale. Et à l'école, à travers des récits historiques écrits par des hommes sans aucun recul sur l'idéalisation des guerres.

La paix, elle, repose sur l'empathie, l'écoute, la coopération. Ces valeurs que la société dévalorise encore trop souvent comme « féminines » alors qu'elles sont, en réalité, universelles et nécessaires à la survie collective.

La différence entre virilité et virilisme

La virilité positive, comme la masculinité positive, renvoie à un ensemble de qualités historiquement associées au masculin : courage, force morale ou physique, sens de l'honneur, responsabilité, protection des autres.

Elle peut s'incarner de manière positive, lorsqu'elle est mise au service d'autrui, de la justice, de la dignité. Il existe des virilités positives, qui n'ont rien à voir avec la violence ou la domination.

La virilité n'est pas toxique par essence. Elle devient toxique quand elle se transforme en système de pouvoir.

Le virilisme : une idéologie dangereuse de la domination masculine

Le virilisme (ou le masculinisme), c'est tout autre chose. C'est une idéologie rigide et archaïque, qui érige certaines caractéristiques masculines (force, domination, autorité, insensibilité) en modèle exclusif de réussite et de pouvoir.

Le virilisme impose aux hommes d'être forts, compétitifs, silencieux sur leurs émotions, agressifs si nécessaire ; aux femmes d'être soumises, passives, invisibles dans l'espace du pouvoir. Aux uns le pouvoir économique. Aux autres l'assujettissement matériel. Aux uns d'être servis, aux autres de servir. Aux uns d'être actifs sexuellement, aux autres passives.

Il justifie : les violences sexistes et sexuelles (pulsions masculines soi-disant naturelles), la répartition inégalitaire des rôles dans la famille et au travail, la sous-représentation des femmes dans les espaces décisionnels, la brutalité dans l'exercice du pouvoir, y compris politique ou militaire.

Le virilisme, c'est la virilité qui tourne mal. Celle qui écrase, humilie, contrôle. Celle qui tue.

Pourquoi cette distinction est nécessaire

Faire cette différence, c'est : éviter le rejet des hommes dans leur identité; ouvrir la voie à des masculinités positives, respectueuses, sensibles, libérées de la domination; permettre aux femmes et aux hommes d'être pleinement eux-mêmes, sans rôle figé, sans injonctions destructrices.

C'est aussi distinguer l'individu du système : tous les hommes ne sont pas virilistes. Mais le virilisme est un système dont beaucoup d'hommes bénéficient, parfois sans en avoir conscience.

Non au virilisme, oui à la préservation de la diversité des virilités

La bataille culturelle, éducative et politique n'est pas contre la virilité, mais contre le virilisme, c'est-à-dire la confiscation du pouvoir, du savoir et de la reconnaissance au nom d'une masculinité surplombante et violente.

Être féministe, c'est précisément refuser ce virilisme. Et faire en sorte que les hommes eux aussi puissent s'en libérer.

L'immaturité dans le virilisme?

C'est même une clé de compréhension majeure du virilisme et son danger : il est profondément lié à une forme d'immaturité psychologique, affective et sociale. C'est ce qui rend ce système à la fois dangereux et fragile. Cette immaturité se manifeste par une incapacité à gérer ses émotions, à accepter la frustration, à reconnaître l'autre comme égal.

Le virilisme : une virilité adolescente jamais dépassée

Le virilisme est souvent la caricature d'une virilité non accomplie. Il mime la force sans la maîtriser. Il refuse la vulnérabilité, par peur panique d'être assimilé au féminin, perçu comme inférieur. D'où aussi l'homophobie du viriliste. Cette posture trahit une immaturité profonde, que l'on peut décliner en plusieurs traits :

Le Refus de la frustration

Le viriliste supporte mal qu'on lui dise non, qu'on le contredise, qu'on lui résiste. Il perçoit tout désaccord comme une offense personnelle. Il ne sait pas différer, négocier, composer.

Exemple : un homme qui agresse sa compagne parce qu'elle veut le quitter. Un chef qui humilie publiquement une subordonnée qui ose le contredire.

Le besoin d'être admiré et reconnu en permanence

Le virilisme exige le regard des autres pour exister. Il se nourrit de conquêtes, de domination, de performance affichée. Il déteste l'égalité, car il se vit en hiérarchie permanente.

Exemple : certains leaders qui se mettent en scène en surhommes (armes, muscles, virées motorisées, scéances de boxe), refusant tout doute ou remise en question.

L'incapacité à exprimer des émotions « faibles »

Pleurer, demander de l'aide, reconnaître sa peur ou son besoin d'amour : autant de choses que le virilisme interdit aux hommes, sous peine d'être « déchus ». Cela crée des blocages émotionnels, des violences rentrées… ou explosées.

Exemple : le repli brutal des hommes sur eux-mêmes après un burn-out, un licenciement, un divorce. La violence parfois retournée contre soi ou les autres.

Le rejet du féminin, vu comme une menace

Tout ce qui est associé au féminin est perçu comme dangereux, contaminant. Il faut donc l'exclure, le rabaisser ou le contrôler. C'est une défense archaïque contre l'altérité.

Exemple : certains hommes refusant d'avoir une femme comme supérieure hiérarchique. Ou contestant la compétence d'une femme politique en l'attaquant sur son apparence ou sa voix.

La psychanalyse et la psychologie du développement expliquent que le virilisme peut être une défense contre l'angoisse de la perte de toute-puissance infantile. Le petit garçon qui n'a pas appris à symboliser, à accepter l'autre comme sujet, peut grandir avec une peur inconsciente d'être « diminué » par les femmes, par la loi, par le réel.

Le virilisme serait donc un refus de grandir, un attachement au fantasme du contrôle total, de l'invulnérabilité, du monde divisé en forts et faibles. C'est aussi ce qu'on retrouve dans certains discours masculinistes ou complotistes : un monde où tout s'explique par la force, la trahison, la conquête.

Guerres, violences et virilisme infantile

De nombreux conflits naissent de cette immaturité. Le besoin de « sauver la face », d'imposer sa puissance, de ne jamais reculer, pousse certains dirigeants à l'escalade, à la guerre, plutôt qu'au compromis.

Les violences sexuelles sont utilisées comme armes de guerre pour humilier, comme si « prendre » le corps d'autrui était l'ultime démonstration de force.

Les féminicides sont commis « parce qu'elle partait », « parce qu'elle m'a trahi » : cette incapacité à supporter la perte est le symptôme d'un narcissisme adolescent, meurtrier.

Une vraie virilité ou masculinité est mature, responsable, pacificatrice

La vraie maturité, chez les hommes comme chez les femmes, c'est : savoir coopérer sans dominer, affronter la réalité sans violence, être fort sans écraser, exprimer ses émotions sans honte.

Une virilité mature est protectrice, pas destructrice. Elle est force de paix, pas de guerre. Elle rassure au lieu d'intimider.

En un mot, grandir, c'est renoncer au virilisme

Le virilisme est une pathologie de l'immaturité masculine. Il faut apprendre aux petits garçons (et aux grands hommes) qu'ils ne perdront rien à être attentifs aux autres, énergiques avec discernement, épris de justice. Qu'ils ne seront pas moins hommes s'ils écoutent, s'ils renoncent à la violence, s'ils respectent l'autre. Au contraire : c'est là qu'ils deviendront vraiment adultes.

Le virilisme comme compensation à une impuissance vécue ou redoutée

Dans la logique patriarcale, la puissance sexuelle masculine est souvent confondue avec la puissance tout court. L'homme puissant est supposé être performant au lit, dominateur dans la société, conquérant en amour comme en affaires. Toute défaillance, réelle ou redoutée, devient alors une menace existentielle. D'où la tentation d'en surcompenser les signes par une masculinité extrême, agressive, parfois violente.

Ce que les psychanalystes appellent le « complexe de castration » s'exprime ici non pas par le repli, mais par une fuite en avant dans l'illusion de toute-puissance. Le corps ne suit plus ? Qu'importe : on soulèvera des armées, on soumettra des peuples, on envahira des territoires.

Comme Napoléon, qu'il est temps de ne plus ériger en modèle… au vu de son bilan désastreux, des destructions et des massacres imposées à la France et à l'Europe pour assouvir ses frustrations. Un territoire amputé, l'esclavage rétabli, les femmes assujetties, le bagne pour enfants. Mais une légende réactivée pour servir le pouvoir des successeurs…

Une obsession de la domination : des femmes, de la nature, des peuples

Le virilisme toxique n'est pas une simple dérive du comportement masculin. C'est une culture profondément enracinée, fondée sur la croyance que dominer est la preuve de force, que l'empathie est une faiblesse, que l'on doit s'imposer par la violence s'il le faut. Cette culture a trois visages, qui se répondent et s'alimentent :

Le virilisme au centre des violences faites aux femmes

Quand on apprend à un garçon que les filles sont là pour plaire, servir, obéir, on prépare le terrain de la domination sexuelle. Quand on lui dit que « non » veut dire « peut-être », que pleurer est ridicule, que frapper est viril, on le conditionne à ne pas entendre, à ne pas respecter, à imposer.

Le viol, les violences conjugales, le contrôle du corps des femmes ne tombent pas du ciel : ils sont les fruits amers d'une éducation viriliste qui a nié l'égalité dès la cour de récréation.

« Quand le respect est présenté comme une faiblesse, la violence devient une preuve de virilité. »

Le virilisme et la destruction de la nature

Ce même imaginaire de domination imprègne notre rapport au vivant. La nature est traitée comme une ressource à exploiter, une force à maîtriser, un territoire à soumettre. Cette logique productiviste, extractiviste, conquérante, est une extension du virilisme appliqué au monde.

« Le même regard qui refuse d'écouter une femme refuse d'écouter la terre qui souffre. »

La culture de la brutalité n'admet ni limites, ni interdépendance. Elle nie la fragilité, la beauté, la vulnérabilité – tout ce qui, pourtant, devrait guider une politique de soin du monde.

Le virilisme comme matrice des guerres

Enfin, le virilisme est l'idéologie souterraine des conflits armés. Les chefs de guerre s'y montrent sans émotion, exaltent l'honneur, humilient les faibles, sacralisent la violence. On y glorifie la force, on y nie la diplomatie, on y méprise le compromis. Chaque guerre est un théâtre où le masculin conquérant cherche à s'imposer.

« Le virilisme n'est pas l'honneur du courage. C'est la lâcheté qui refuse la paix. »

C'est pour toutes ces raisons que nous devons protéger et débarrasser les jeunes générations du virilisme toxique, d'autant qu'il se répand sur les réseaux.

Le virilisme toxique se déploie aujourd'hui à grande vitesse sur les réseaux sociaux, porté par des influenceurs toxiques comme Andrew Tate ou certains « coachs » de la manosphère qui glorifient la domination masculine, le mépris des femmes et la culture de la violence. Les algorithmes amplifient ces discours car ils suscitent l'indignation et font donc de l'audience. En parallèle, l'accès illimité à la pornographie en ligne diffuse auprès des plus jeunes une vision déformée de la sexualité : rapports de force, absence de consentement, chosification du corps féminin. L'un nourrit l'autre. Les garçons, happés par ce double flux, discours virilistes et images pornographiques, se retrouvent exposés à une pédagogie souterraine qui les éduque à l'inverse du respect et de l'égalité. C'est un défi immense pour les parents, l'école et la société tout entière.

Les adolescents, en quête de modèles et d'affirmation de soi, sont les plus exposés à ces contenus. Ils se trouvent aspirés dans une logique de défi permanent, où la virilité se mesure au mépris des plus vulnérables, à la surenchère de risques, ou encore à la glorification d'un pouvoir sans partage. Derrière l'apparence de force, c'est la fragilité des jeunes qui est exploitée : leur besoin d'appartenance, de reconnaissance et de repères.

Ce virilisme en ligne fabrique des identités crispées, qui étouffent la sensibilité et dévalorisent l'égalité. Il nourrit la misogynie, les violences sexistes et l'incapacité à vivre la relation autrement que sous le rapport de force.

Face à cette déferlante viriliste, d'autres voix s'élèvent, et elles ouvrent des chemins d'émancipation. Les réseaux sociaux ne sont pas condamnés à reproduire la violence : ils peuvent aussi devenir des espaces de partage, d'éducation et de solidarité. Des collectifs féministes, des associations de prévention des violences, des créateurs et créatrices de contenu engagés y diffusent des messages d'égalité, de respect et de bienveillance. Ils offrent aux jeunes un contre-modèle : celui d'une virilité apaisée, ouverte à la sensibilité, capable d'accueillir la vulnérabilité comme une force.

On y voit émerger des campagnes virales qui dénoncent le harcèlement, qui valorisent le consentement, qui mettent en avant la diversité des parcours masculins et féminins. Les jeunes qui s'y reconnaissent découvrent qu'ils ne sont pas seuls à refuser la brutalité des codes virilistes. Ils peuvent alors tisser des liens, se construire une identité plus libre, et devenir à leur tour des acteurs du changement.

Ainsi, les mêmes outils qui propagent la violence peuvent aussi porter la réparation et l'espérance, à condition que nous les habitions avec courage et créativité.

Face au virilisme toxique, des contre-modèles émergent sur les réseaux. La mini-série *Adolescence*, intégrée aux collèges, suscite le débat sur les influences numériques et les dérives virilistes. À l'international, des influenceurs masculins engagés promeuvent une virilité apaisée, centrée sur la santé mentale et la sensibilité, contrebalançant les figures de la manosphère. Même la publicité évolue : la campagne « *The Best Man Can Be* » de la marque Gilette casse les stéréotypes du macho et valorise une masculinité positive. Ces initiatives, différentes mais convergentes, montrent qu'un autre récit est possible : celui d'une masculinité libérée de la domination, ouverte à l'égalité et à l'humanité.

Chapitre 2

Mais qui va garder leur planète ?

J'ai tellement travaillé et bataillé pour cet enjeu, qui avance si lentement, que parfois je me demande si cela sert à quelque chose de continuer à plaider, à expliquer, à convaincre, à enthousiasmer, loin de l'écologie punitive comme je l'ai toujours dit. Le concept a été abondamment repris depuis…

Bon, je crois que c'est encore utile, alors je vais le faire une fois de plus.

Où en est la planète, c'est-à-dire nous ?

Plus de 1,5 degré de réchauffement : le seuil symbolique du réchauffement dangereux que l'on s'était promis de ne pas dépasser en décembre 2015 lors de l'accord de Paris sur le climat de +1,5 °C va être franchi. Ce n'est plus une projection : c'est une réalité imminente. Un consortium international de 61 scientifiques l'a confirmé dans une alerte grave : le réchauffement climatique s'intensifie à un rythme inédit. « Le niveau et le rythme sont sans précédent », disent-ils. Et ce n'est pas une fatalité naturelle : 90 % de ce bouleversement est dû aux activités humaines. À nos choix énergétiques, à notre addiction aux énergies fossiles, à la déforestation massive.

Cette chaleur excessive déclenche une mécanique infernale : alternance brutale de déluges et de sécheresses, d'épisodes caniculaires et de froids déstructurants. Le vivant tout entier est désorganisé. Les océans se dilatent, les glaciers fondent, les mers montent – quinze fois plus vite que le rythme du siècle dernier – et menacent les terres basses, les écosystèmes côtiers, les peuples insulaires. Ce n'est plus une vision d'écologistes isolés, c'est une bascule planétaire.

Lorsque j'étais présidente de la COP21 pour la ratification de l'accord de Paris, j'ai rédigé un *Manifeste pour une justice climatique*, fondé sur cette idée simple mais essentielle : la protection du climat est indissociable de la protection des êtres humains. Ce manifeste est plus que jamais d'actualité. Car protéger la planète, c'est protéger la vie, la dignité humaine, la paix.

La seule guerre légitime : celle pour la planète

Aujourd'hui, une vérité s'impose : la seule guerre qu'il faut mener, c'est celle contre le dérèglement climatique. C'est la seule qui sauve des vies au lieu d'en détruire. La seule qui rassemble, au lieu de diviser. La seule qui réconcilie les peuples et les générations. Mais pour qu'elle soit victorieuse, encore faut-il des dirigeants à la hauteur, des institutions qui prennent leurs responsabilités et des peuples mobilisés.

Il faut revoir en profondeur l'organisation des COP, ces grands-messes parfois vides de résultats, où les discours s'enchaînent sous les lumières artificielles des halls climatisés, tandis que les jets privés s'entassent sur les tarmacs. Ce que réclament les pays les plus vulnérables, comme les États insulaires ou les pays chauds du Sud, victimes mais pas coupables de l'utilisation des énergies fossiles, c'est du concret, du transparent, du mesurable : un suivi mensuel, pays par pays, des 70 actions concrètes listées dans l'accord de Paris, avec publication de tableaux de bord, partage des bonnes pratiques, et contrôle citoyen. La vérité climatique ne se construit pas dans les mots, mais dans les actes.

La nature n'a pas besoin de nous, c'est nous qui avons besoin d'elle

La planète, disait Rachel Carson, la première écologiste, souvent plagiée par des hommes, rarement égalée, peut se passer de l'humanité. L'inverse n'est pas vrai. Les signes s'accumulent : multiplication des ouragans, des typhons, des inondations, des sécheresses. Des dizaines de milliers d'espèces disparaissent chaque année. Nous entrons dans la sixième extinction de masse, et cette fois, nous en sommes les artisans.

Dans cette guerre contre la nature, chaque victoire apparente de l'homme est une défaite pour l'humanité. À force de détruire les forêts, d'empoisonner les rivières, d'asphyxier les sols, nous coupons la branche sur laquelle repose la vie. Geronimo l'avait pressenti : « Quand le dernier arbre aura été abattu, quand la dernière rivière aura été empoisonnée, alors on comprendra que l'argent ne se mange pas. »

La nature sature. Et elle se défend. Par des fléaux, des fièvres, des désordres. En vérité, nous vivons déjà les premières secousses du choc climatique global. Mais il n'est pas trop tard – si nous avons le courage de changer de cap.

Trois leçons de ce combat

De mes années de lutte et d'engagement régional, national et international, je retiens trois convictions que je veux vous transmettre :

1. L'humanité est capable de se rassembler quand elle comprend l'enjeu commun. L'accord de Paris a montré que l'intelligence collective existe. Qu'elle peut prévaloir sur les intérêts égoïstes, sur le cynisme et la résignation.
2. Le vivant est sacré. Il est notre lien à la beauté du monde. C'est ce miracle improbable dans l'univers froid. Nous devons prendre soin de la nature comme on prend soin d'un enfant.
3. Nous devons prouver que nous sommes dignes d'être appelés « êtres humains ». Au Muséum national d'histoire naturelle, la salle des espèces disparues devrait nous interroger : avons-nous été à la hauteur ? Pouvons-nous encore l'être ?

Une révolution économique

Nous ne sauverons pas la planète avec les recettes qui l'ont détruite. Une nouvelle économie doit éclore : bas carbone, économie circulaire, respectueuse de la nature et des générations futures. Une économie qui reconnaît la valeur réelle de ce qui est précieux : la santé que donne un air pur, le temps long de la vie contre la dictature du court terme, la protection contre le profit immédiat.

Aujourd'hui, les arbres abattus comptent davantage dans le PIB que les forêts vivantes. C'est cette absurdité qu'il faut inverser. Car ce qui ne se monnaye pas a pourtant une valeur infinie.

Passeurs d'espoir

Comme je l'ai répété sans relâche au cours des réunions internationales que j'ai conduites à la suite de l'accord de Paris, face au chaos climatique, nous pouvons être des passeurs d'espoir, des semeurs d'avenir. La jeunesse mondiale s'est levée, elle frappe à la porte de l'Histoire. Elle ne réclame pas des discours, mais le droit de vivre dans un monde vivable. Les actions lycéennes, les villages écologiques, les innovations solidaires… autant de signaux que la transition n'est pas une utopie, mais une urgence lucide. Et le succès d'une pétition contre la loi qui rétablissait des polluants interdits.

Car la justice climatique est la plus belle des justices : elle ne prend rien à personne, mais donne à tous. Elle donne de l'eau à ceux qui n'en ont plus. Du temps de respiration à ceux qui vivent dans des mégapoles polluées. De la paix à ceux qui vivent dans les guerres pour la terre et pour l'eau. Elle donne surtout de la dignité.

J'avais cité lors des réunions internationales cette belle réflexion d'Amadou Hampâté Bâ, dans sa *Lettre à la jeunesse*.

« Tout effort compte, et l'on ne sait jamais, au départ, de quelle action apparemment modeste sortira l'événement qui changera la face des choses. N'oubliez pas que le roi des arbres de la savane, le puissant et majestueux baobab, sort d'une graine qui, au départ, n'est pas plus grosse qu'un tout petit grain de café... »

Oui, la question posée à la grande famille humaine est celle de son destin commun. Comment vivre plus nombreux sur notre planète en vivant mieux, alors même que nous épuisons, en six mois, la totalité des ressources naturelles que la Terre produit en un an ?

C'est dire la révolution pacifique que nous devons accomplir.

Les valeurs en ont été fixées lors de cette prise de conscience magistrale de l'accord de Paris. L'action est entre nos mains. Et on ne comprend plus pourquoi les grandes réunions internationales se poursuivent avec des discours creux et autosatisfaits qui s'enchaînent et un bilan carbone désastreux, au lieu d'avoir laissé place à des comptes-rendus réguliers sur l'application de cet accord.

Les ravages concrets de la destruction de notre planète

La planète n'envoie plus de signaux d'alerte, elle crie. Elle souffre dans ses équilibres fondamentaux, et les atteintes ne sont plus seulement invisibles ou différées : elles sont concrètes, mesurables, et déjà profondément destructrices. Trois dynamiques, qui se nourrissent les unes des autres, menacent aujourd'hui notre avenir commun : les pollutions massives, la surexploitation des ressources, et le réchauffement climatique. Elles sont les trois visages d'une même crise écologique globale.

1. Les pollutions : une atteinte directe à la santé humaine et au vivant

La pollution n'est plus marginale, elle est systémique. L'air que nous respirons, l'eau que nous buvons, les sols qui nous nourrissent sont tous contaminés. La pollution est devenue la première cause environnementale de mortalité dans le monde.

- L'air vicié tue : chaque année, 7 millions de morts prématurées sont attribuées à la pollution de l'air selon l'OMS, dont une grande part chez les enfants, les personnes âgées, et les plus précaires. Les maladies respiratoires explosent dans les grandes villes, les cancers augmentent.
- Les plastiques envahissent les mers : 8 à 12 millions de tonnes de plastique sont déversées chaque année dans les océans. En 2050, il y aura davantage de plastique que de poissons (en poids). Ces déchets tuent les espèces marines, étouffent les récifs coralliens, et pénètrent la chaîne alimentaire jusqu'à nos assiettes sous forme de microplastiques.
- Les produits chimiques s'accumulent : pesticides, métaux lourds, perturbateurs endocriniens, PFAS (ces « polluants

éternels » qui contaminent durablement les eaux et les sols)... Le vivant est saturé de molécules toxiques. La fertilité humaine diminue. Les cancers augmentent. Les écosystèmes deviennent hostiles à la vie.

La pollution n'est plus une conséquence collatérale : elle est devenue un vecteur de destruction massive.

2. La surexploitation : l'épuisement silencieux des ressources vitales

La Terre est exploitée au-delà de ses capacités de renouvellement. Chaque année, nous consommons en sept mois, bientôt six, ce que la planète met un an à produire. Ce « dépassement » est devenu chronique.

- L'eau douce vient à manquer : plus de 2 milliards de personnes vivent déjà dans des régions en pénurie d'eau. L'irrigation intensive, les nappes phréatiques surexploitées, les fleuves détournés, tout cela appauvrit les écosystèmes et déclenche des tensions sociales majeures. L'eau est en train de devenir source de conflits, d'exil, de spéculation.

– Les sols s'épuisent : un tiers des terres agricoles est déjà dégradé (FAO). La monoculture intensive, les engrais chimiques, la déforestation ruinent la fertilité des sols. Or pas de sol, pas de nourriture. Ce sont nos assiettes de demain qui s'effacent. Et la faim dans les pays les plus pauvres s'accélère.
– Les océans sont vidés : 90 % des stocks de poissons sont surexploités ou au bord de la surexploitation. Les chalutiers industriels raclent le fond des mers. Malgré le courage d'ONG comme Bloom, la conférence de Nice sur l'Océan n'a rien donné. Les coraux blanchissent. Les grandes espèces marines déclinent. Ce pillage des mers prive aussi des centaines de millions de personnes de leur source principale de protéines. Un tiers de la population mondiale vit de la pêche.
– Les ressources minières sont exploitées sans régulation : pour fabriquer nos objets « propres », batteries, panneaux solaires, smartphones, nous extrayons du lithium, du cobalt, du cuivre… souvent au prix de désastres humains (travail des enfants) et environnementaux (pollution des nappes, destruction des écosystèmes).

La surexploitation, c'est le refus du temps long. C'est la voracité pour tout de suite aux dépens des nouvelles générations. Je l'ai dit plus haut : c'est la pire des dettes.

3. Le réchauffement climatique : la planète dérègle tout ce qu'elle portait d'équilibre

Le climat ne se dérègle pas dans un laboratoire, il se dérègle dans nos vies. La hausse des températures moyennes modifie les équilibres climatiques, physiques et biologiques de toute la Terre.

- Les événements extrêmes se multiplient : incendies gigantesques, sécheresses prolongées, inondations meurtrières, tempêtes plus violentes. Les catastrophes naturelles deviennent plus fréquentes et plus rapprochées, coûtant des milliers de vies et des milliards de dégâts chaque année.
- Les terres deviennent incultivables : l'augmentation des températures et la baisse des précipitations rendent certaines zones impropres à la culture. Des régions entières du Sahel ou de l'Asie du Sud-Est basculent dans l'insécurité alimentaire chronique.
- Les réfugiés climatiques sont déjà là : l'ONU prévoit jusqu'à 250 millions de déplacés climatiques d'ici 2050. Des familles

entières sont chassées par la montée des eaux, la désertification ou les conflits pour l'accès à l'eau et aux terres fertiles.

– La biodiversité est en chute libre : avec le climat qui change, les habitats se dégradent. Les espèces ne trouvent plus leur place. Les pollinisateurs déclinent, les écosystèmes s'effondrent en cascade. Ce sont les conditions mêmes de la vie humaine qui se fissurent.

Le réchauffement climatique agit comme un multiplicateur de crises. Il aggrave toutes les fragilités sociales, sanitaires, économiques, et pose une question d'une rare gravité : la Terre pourra-t-elle encore accueillir dignement les enfants qui naissent aujourd'hui ?

Ce que cela nous dit

Les pollutions asphyxient. La surexploitation épuise. Le climat déréglé déracine. Ces trois dynamiques négatives – toxiques, voraces, destructrices – forment un même engrenage. Elles appellent une réponse globale, systémique, profondément humaine.

Car au fond, ce n'est pas seulement la planète que nous détruisons : c'est notre avenir commun, notre lien au vivant, notre capacité à transmettre la beauté du monde. Et la paix dans le monde.

Il est temps de rétablir ce que l'économie a oublié : la nature n'est pas un stock infini. Elle est un patrimoine fragile. Elle est le berceau de nos enfants.

Terre-Mère : renouer avec notre matrice commune

C'est un mot que toutes les langues du monde connaissent. Un mot ancien, sacré, qui traverse les cultures, les peuples et les spiritualités. Ce mot, c'est la Terre-Mère. Une expression simple, mais essentielle, qui dit en deux syllabes notre dépendance fondamentale au vivant, notre lien charnel avec la planète, et notre dette intime envers elle.

Terre-Mère, c'est bien plus qu'un concept écologique : c'est une vision du monde. C'est reconnaître que la Terre n'est pas une ressource à exploiter, mais un être vivant à respecter. Elle nous porte, elle nous nourrit, elle nous soigne. Elle est à la fois notre origine, notre maison et notre avenir. Et comme à une mère, ne lui devons-nous pas le respect ? Même les pires climatosceptiques ne peuvent-ils pas se retrouver dans cette morale ?

Les peuples premiers, bien avant que l'Occident industrialisé n'impose ses logiques extractives, savaient déjà cela. Les Amérindiens, les Aborigènes, les peuples du Sud, d'Afrique ou d'Amazonie, ceux de l'Articque, ont toujours entretenu avec la nature un rapport de révérence, de gratitude. Ils parlent à la forêt, ils écoutent les rivières, ils célèbrent les saisons. Ils ne dominent pas la Terre, ils cohabitent avec elle. Et sous toutes les latitudes : j'ai retrouvé dans les récits et les musées d'art des pays de l'Arctique les mêmes formes et langages que dans l'art d'Afrique. Allez voir les masques rapportés du Groenland par l'exploratuer polaire Paul-Émile Victor au musée du quai Branly, vous serez touchés par leur ressemblance avec les masques africains.

Au cours des sommets climat auxquels j'ai participé, ce sont ceux des peuples autochtones qui m'ont le plus appris. Et je suis très reconnaissante à Vandana Shiva d'être venue témoigner au forum Femmes et Climat que j'avais organisé pendant la COP21. Elle avait raconté comment les femmes amazoniennes illettrées avaient encerclé les arbres de leurs bras pour stopper avec succès les bulldozers.

Ce que nous appelons aujourd'hui transition écologique, les peuples autochtones l'avaient déjà pensée comme coexistence pacifique avec la Terre vivante. La modernité les a souvent méprisés, relégués, acculturés. Pourtant, c'est d'eux que nous devons apprendre.

Une relation filiale, pas de domination

Parler de Terre-Mère, c'est compléter le langage froid de l'économie qui parle de « capital naturel », de « services écosystémiques », comme si la nature n'avait de valeur qu'en termes monétaires. Ce regard technocratique a coupé l'humanité de sa racine la plus profonde : l'humilité devant ce qui nous dépasse et nous précède.

Dire que la Terre est notre mère, c'est affirmer une relation de filiation, pas de domination. On ne détruit pas sa mère, on la respecte et on la chérit. On ne perce pas ses entrailles pour en tirer du pétrole sans conséquence. On ne bétonne pas ses rivières sans tarir la vie.

Ce rapport filial implique la gratitude, la protection, la transmission. Il oblige à la modération, à l'équité, à la justice. Il redonne du sens à ce que nous avons trop souvent transformé en simples « ressources ». La Terre n'est pas un puits sans fond : elle est une matrice fragile.

Une cause universelle, féministe et intergénérationnelle

Dans ce combat pour la Terre-Mère, les femmes ont un rôle particulier. Parce qu'elles sont souvent en première ligne des conséquences écologiques, dans les champs, les villages, les mégapoles polluées, pour les corvées d'eau de plus en plus éprouvantes, mais aussi parce qu'elles portent une autre manière de penser le vivant, plus tournée vers le soin, la préservation, la transmission.

Je l'ai démontré dans mon *Manifeste pour une justice climatique*, et dans le rapport adressé à l'ONU intitulé « Femmes et Climat », la justice climatique, c'est une cause féministe : dans le monde entier, des femmes s'élèvent pour défendre les semences, l'eau, les savoirs ancestraux, les enfants. Et elles nous montrent que protéger la Terre-Mère, c'est protéger les mères de la Terre.

C'est également une cause intergénérationnelle. Ce que nous faisons sur la planète aujourd'hui, nous le faisons aux enfants qui ne sont pas encore nés. Chaque arbre coupé, chaque espèce disparue, chaque degré en plus est une part d'avenir confisquée. La dette écologique est la plus injuste de toutes, car elle frappe ceux qui n'ont rien demandé. Et pire, ceux qui ne sont pas encore nés.

La beauté comme langage de la Terre-Mère

La Terre-Mère parle à travers les paysages, les saisons, les chants des oiseaux, la lumière sur les feuilles. Elle parle par la beauté. Et cette beauté n'est pas un ornement : elle est un droit fondamental. Car elle élève l'âme, elle apaise les blessures, elle inspire l'engagement.

Offrir aux enfants le contact avec la nature, avec l'art, avec la musique, c'est les relier à cette beauté matricielle. C'est leur dire que le monde n'est pas seulement brutalité ou vitesse. C'est leur transmettre le respect du vivant comme une évidence. C'est leur donner le goût de la Terre, et l'envie de la défendre. Et le droit à la lenteur.

Une responsabilité sacrée

Au même titre que l'ONU qui a qualifié la protection de l'enfant comme une « responsabilité sacrée ». Au sens de supérieure à tout. Ou comme le passionnant Sommet des consciences, lors de la COP21 rassemblant les responsables religieux et les libres-penseurs. Parce que se rejoignent dans le combat climatique « la clameur de la terre et la clameur des pauvre », comme l'écrit le Pape François dans ce texte magnifique *Laudato si'*.

Oui, nous avons une responsabilité sacrée. Pas seulement de réparer ce que nous avons abîmé. Mais aussi de réconcilier l'humanité avec la Terre-Mère. De redonner au monde son sens profond. De sortir de la logique de prédation pour entrer dans celle de la protection et de la mise en valeur durable.

C'est cela, la révolution pacifique que nous avons à mener. Elle ne se fera pas contre, mais avec. Avec les jeunes, avec les peuples oubliés, avec les artistes, les enseignants, les soignants, les paysans, les ouvriers, les entrepreneurs, les créatifs... Avec tous ceux qui, chaque jour, honorent la vie.

Les femmes, en première ligne du combat climatique

Le changement climatique n'est pas neutre. Il frappe là où les inégalités sont déjà les plus fortes. Et dans toutes les régions du monde, les femmes, en particulier les plus pauvres, sont en première ligne des dérèglements. Mais ce sont aussi elles, souvent dans l'ombre, qui développent les solutions les plus concrètes, les plus durables et les plus justes.

Les femmes sont les premières touchées par les effets du dérèglement climatique

Dans les pays du Sud, ce sont les femmes qui assurent l'approvisionnement en eau, en nourriture, en énergie domestique. Quand la sécheresse vide les puits, ce sont elles qui marchent des kilomètres pour trouver de l'eau. Quand les récoltes s'effondrent, ce sont elles qui doivent nourrir leur famille malgré tout. Lorsque les tempêtes emportent les maisons, ce sont encore elles qui reconstruisent, soignent, organisent.

Les catastrophes naturelles tuent davantage de femmes que d'hommes, non pas par fragilité physique, mais par inégal accès à l'information, à l'éducation, aux moyens de protection. Après un cyclone, les femmes sont moins secourues, moins indemnisées, moins entendues.

Et dans les pays développés aussi, les femmes subissent plus fortement les injustices écologiques : plus exposées aux emplois précaires et aux pollutions urbaines, moins représentées dans les instances de pouvoir, elles ont moins de marge pour se protéger, se déplacer, changer de mode de vie.

Les femmes sont pourtant les premières à agir pour protéger la planète

Face à cette réalité, les femmes ne sont pas passives. Au contraire, elles sont les éclaireuses silencieuses de la transition écologique. Ce sont elles qui développent l'agroécologie dans les campagnes africaines, qui créent des coopératives d'énergie solaire en Asie, qui replantent des forêts en Amazonie, qui organisent la résilience locale dans les villages et les quartiers.

Ce sont des femmes scientifiques, activistes, enseignantes, cheffes de famille, artistes, maires, ministres, qui inventent un autre modèle, plus sobre, plus juste, plus respectueux du vivant.

Ce n'est pas un hasard si les grandes figures de la lutte climatique sont des femmes : Greta Thunberg, Vandana Shiva, Wangari Maathai, Hindou Oumarou Ibrahim, Rachel Carson, Jane Goodall... Elles ont incarné hier et aujourd'hui la lucidité, la ténacité, l'éthique de responsabilité.

Et dans le quotidien, loin des caméras, des millions de femmes éduquent les enfants à la sobriété, cultivent autrement, soignent sans polluer, s'organisent pour préserver la vie.

Le climat a besoin du regard et de la voix des femmes

La crise climatique est aussi une crise de modèle, de gouvernance, de pensée. Ce n'est pas un hasard si elle a émergé dans un monde dominé par des logiques de domination, d'accélération, d'extraction, d'invisibilisation des liens.

Le combat pour le climat, pour être réellement efficace, doit intégrer le regard des femmes. Un regard qui fait le lien entre le corps, le territoire, la santé, la nature, l'éducation. Un regard qui réconcilie ce que le monde industriel a trop souvent séparé : la production et le soin, l'économie et la vie.

C'est aussi une question démocratique : on ne peut pas bâtir un monde durable en excluant la moitié de l'humanité des décisions. Intégrer les femmes dans la gouvernance climatique, c'est faire place à l'intelligence collective, à la prévoyance, à l'expérience de terrain. C'est donner des chances supplémentaires à la paix, à la justice, à l'équilibre.

Le combat pour le climat est maternel

Parce qu'elles sont en première ligne des souffrances, et en première ligne des réponses, les femmes doivent être au cœur des politiques climatiques. Ce n'est pas une faveur : c'est une nécessité. Il ne s'agit pas d'assigner les femmes à un rôle vertueux, mais de reconnaître leur pouvoir d'agir, leurs savoirs, leur expérience et leur créativité.

Ce que nous avons trop souvent appelé « adaptation », ce sont elles qui l'inventent. Ce que nous avons nommé « transition », ce sont elles qui le vivent déjà, chaque jour.

Et si la planète est notre Terre-Mère, alors c'est à toutes les mères de la Terre que nous devons désormais prêter attention. Car l'avenir du climat se joue aussi dans le regard des femmes. Et il ne sera viable que si nous faisons grandir ensemble l'égalité et la responsabilité.

Du corps des femmes au corps de la Terre : la même violence silencieuse

Il y a des mots qu'on n'ose pas toujours prononcer. Et pourtant, ils disent la vérité crue : la nature est exploitée, blessée, violée. Comme les femmes l'ont été, elles aussi, trop souvent dans le silence et la banalisation. Ce n'est pas une métaphore gratuite, mais une analogie profonde, qui renvoie à une même logique de domination.

La Terre, comme les femmes, a été réduite à un objet : un réservoir de ressources à extraire, un ventre à féconder ou à coloniser, un territoire à contrôler. On l'a sondée, déchirée, forée, asservie. On a parlé de « conquête », de « mise en valeur », de « maîtrise », comme si le vivant n'avait d'utilité que dans sa soumission.

De même, le corps des femmes a longtemps été soumis à la loi des autres. Instrumentalisé, marchandisé, ignoré dans sa parole et dans sa douleur. La violence sexiste et la violence écologique procèdent du même aveuglement : celui d'un pouvoir qui ne voit dans l'autre qu'un moyen, jamais une fin.

Le patriarcat est aussi une guerre contre le vivant

La domination masculine n'a pas seulement asservi les femmes, elle a asservi la nature en instaurant un rapport brutal au monde : productiviste, extractiviste, insatiable. Elle a disqualifié tout ce qui relevait du soin, de la relation, de l'émotion, de l'intuition. Elle a méprisé le corps, la nature, la fragilité – ces choses pourtant fondamentales pour maintenir la vie. Les scientifiques le disent, et combien de fois ai-je entendu, comme le fait obstinément et courageusement Gilles Boeuf, déplorer ce virilisme toxique pour la nature et la biodiversité.

La même logique qui pousse un homme à imposer sa force sur une femme est celle qui pousse une société à extraire le dernier baril de pétrole ou à raser une forêt primaire. Le viol d'un corps et le viol d'un territoire sont deux expressions d'un même pouvoir abusif : celui qui prend sans demander, qui détruit sans s'interroger, qui nie la vie pour mieux asseoir sa domination. La domination économique aussi avec le travail des femmes sous-payé ou pas payé du tout et leur patrimoine pillé ou leurs créations invisibilisées.

Réconcilier avec le féminin et le vivant

Mais cette violence n'est pas une fatalité. Car le temps est venu de reconnaître le lien entre la dignité des femmes et celle de la Terre. De sortir de la logique de prédation pour entrer dans celle du respect, du partage, de la protection.

Les femmes ne sont pas seulement les victimes de ce modèle, elles en sont aussi les éclaireuses du dépassement. Partout dans le monde, ce sont elles qui soignent, cultivent, enseignent, réparent. Elles incarnent cette autre manière d'habiter la Terre : non plus comme un champ de bataille, mais comme un jardin à préserver.

Ce que les luttes féministes ont apporté au XXe siècle, la justice climatique doit l'apporter au XXIe siècle : une reconnaissance égale, une protection réelle, une liberté vécue. Il ne s'agit plus de dominer, mais de coexister. Non plus de soumettre, mais de prendre soin. De changer de civilisation, pas seulement de mode de production.

D'une libération à l'autre

Protéger la Terre, c'est protéger les corps, les vies, les naissances, les héritages. C'est dire enfin que la nature n'est pas une ennemie à dominer, mais une alliée à écouter. Et que les femmes, longtemps tenues à l'écart du pouvoir, portent en elles cette intuition profonde d'un autre rapport au monde.

Alors oui, la lutte contre les violences sexistes et la lutte contre les violences écologiques sont liées. Parce qu'elles visent la même libération : celle du vivant. Parce qu'elles réclament la même justice : celle qui refuse que l'on détruise sous prétexte qu'on possède.

Et parce que, demain, ce sont souvent les femmes qui garderont la planète, comme elles gardent déjà la vie.

Quand la cruauté parmi les cruautés fut commise : l'interdiction de la nature pendant le Covid

Pendant la crise du Covid, l'humanité a été saisie par la peur. Il fallait agir vite, protéger les vies, éviter l'effondrement des hôpitaux. Mais dans cette urgence, des décisions absurdes ont été prises, révélant à quel point notre société moderne a perdu le sens du lien essentiel entre l'homme et la nature.

En pleine pandémie respiratoire, on a interdit les forêts, les plages, les sentiers de montagne, les parcs publics, au nom d'un principe de précaution qui était pourtant démenti par la raison : le virus circulait par contact, et pas par voie aérienne ! Donc être en pleine nature, c'était ralentir la circulation du virus. C'est le contraire aberrant qui fut décrété par un pseudo-comité d'experts masculins qui n'a jamais eu de comptes à rendre. Un pouvoir immature, grisé en découvrant ce qu'il était capable d'imposer : se rédiger à nous-mêmes les interdictions de sortir dans le parc voisin ! Une corruption du pouvoir au sens de détournement. Ce fut l'une des grandes escroqueries de ce moment inédit : l'air pur fut confiné, le vivant mis sous clé, le silence de la mer interdit, alors que chacun aurait eu besoin, au contraire, de se ressourcer, de se reconnecter à ce qui fait la beauté et l'équilibre de la vie. Et surtout les enfants et les jeunes. Au lieu de fermer les salles de sport, il fallait les autoriser au contraire à s'installer en plein air. Au lieu de fermer les écoles, il fallait les autoriser à s'organiser en plein air chaque fois que possible…

Un impact psychologique massif, surtout chez les plus vulnérables

Les conséquences n'ont pas tardé. Chez les enfants, troubles du sommeil, irritabilité, anxiété, sédentarité se sont multipliés. Pour beaucoup, la privation de nature a été vécue comme une punition injuste, incompréhensible.

Les personnes âgées isolées, les malades chroniques, les femmes seules avec enfants dans des appartements exigus ont subi une privation sensorielle et émotionnelle dont les effets se font encore sentir. Et pour les personnes vivant en habitat dense, sans balcon ni jardin, l'impossibilité de respirer dehors a été une souffrance aussi réelle que silencieuse.

Car la nature n'est pas un luxe, mais un besoin fondamental. Elle apaise, elle soigne, elle équilibre. Elle est l'antidote au stress, au repli, à la claustrophobie de l'écran. L'interdire, c'est retirer à l'être humain l'un de ses ancrages les plus profonds.

Une leçon de démocratie écologique

Cette période a montré à quel point l'accès à la nature est inégalitaire. Les familles vivant dans des quartiers sans espaces verts ont vu leur mal-être exploser, tandis que celles qui avaient un jardin ou une résidence secondaire ont pu s'oxygéner.

Le confinement a été vécu de façon très différente selon le milieu social, révélant une nouvelle fracture écologique : celle entre ceux qui peuvent se réfugier dans le vivant, et ceux qui en sont coupés.

Ce fut aussi une leçon de gouvernance. Une société qui interdit les arbres mais tolère les embouteillages, qui ferme les plages mais autorise les centres commerciaux mais, aberration supplémentaire, à l'exception des biens culturels mis sous filets, est une société qui a perdu le sens du juste et du vital.

Retrouver le lien avec le vivant : une urgence humaine et politique

Le temps est venu de reconnaître juridiquement et politiquement l'accès à la nature comme un droit fondamental. Ce droit est celui de respirer, de contempler, de se mouvoir dans un espace vivant, loin du béton et du stress.

Car protéger la nature, ce n'est pas seulement une affaire de climat ou de biodiversité. C'est aussi une condition de santé mentale, de paix sociale, de dignité humaine.

Le confinement du Covid doit nous avoir appris ceci : le vivant n'est pas un décor, il est notre socle. Le contact avec la nature n'est pas accessoire, il est vital. Et en période de crise, c'est lui qui doit être protégé, accessible, renforcé.

Quand on visite le château du Clos Lucé, à Amboise, la dernière demeure de Léonard de Vinci, et que l'on découvre ses ateliers, ses inventions, ses maquettes, les dessins et croquis, les études anatomiques et la projection de ses chefs-d'œuvre de peinture, *La Joconde*, *La Cène*... on est submergé par le génie d'un artiste ingénieur, qui a tout appris de la nature.

Il n'a pas fréquenté les bancs d'une grande école. Il n'a reçu ni diplôme, ni programme imposé. Pourtant, Léonard de Vinci demeure l'un des esprits les plus brillants de l'histoire de l'humanité.

Il était peintre, inventeur, architecte, biologiste, poète. Il dessinait des machines volantes avant même que les hommes ne sachent voler, il disséquait le corps humain pour mieux en comprendre la beauté et le fonctionnement, il imaginait des ponts, des systèmes hydrauliques, des villes nouvelles. Où donc ce génie a-t-il puisé son inspiration, sa science, sa puissance créatrice ?

Dans la nature. C'est donc une extraordinaire leçon de sciences, et une motivation pour apprendre à tous les enfants à observer la nature.

Pas dans un savoir figé, ni dans la répétition des dogmes. Mais dans l'observation du vivant, dans l'écoute du monde, dans l'attention minutieuse portée aux arbres, aux oiseaux, à l'eau, aux nuages, aux visages, aux gestes. Léonard de Vinci était un contemplatif actif. Il regardait la nature non pas comme un décor, mais comme un maître silencieux. Il en tirait des lois, des intuitions, des émerveillements féconds. Il reliait les éléments, il voyait les formes dans le mouvement, les forces dans le dessin, la beauté dans le fonctionnement des choses.

Ce que Léonard de Vinci nous enseigne, c'est que le génie naît d'un lien profond avec le vivant. Que la nature est la première des écoles, la plus humble, la plus patiente, la plus généreuse. Qu'un enfant qui observe le vol d'un oiseau, qui écoute le chant d'une rivière ou qui admire la nacre d'un coquillage est déjà sur le chemin de la science, de l'art, de la poésie.

Le génie du vivant pour nourrir les génies de demain

Nous avons besoin d'une éducation qui fasse confiance à l'intelligence sensible, à l'intuition, à l'expérimentation. D'une école qui fasse de chaque enfant un observateur du monde, pas un simple récepteur de consignes. C'était tout le génie du programme « La Main à la pâte » lancé dans les écoles par le prix Nobel de physique Georges Charpak lorsque j'étais ministre à l'Éducation nationale, et nous avions renforcé les sciences dès l'école primaire, en favorisant l'expérimentation et l'observation.

L'héritage de Léonard de Vinci, ce n'est pas seulement celui des machines ou des tableaux : c'est une manière d'être au monde, de regarder le réel avec passion, de chercher dans la nature non seulement des réponses, mais des questions.

C'est cette vision, profondément humaine, que nous devons transmettre. Car l'avenir se construira moins avec des algorithmes qu'avec des enfants qui, comme lui, osent dessiner des ailes en regardant voler les oiseaux, les papillons, butiner des abeilles avant que les pesticides ne les aient éradiqués. Quatre cents millions d'oiseaux ont disparu en Europe depuis les années cinquante…

Le génie de la nature, source d'inspiration pour l'humanité

Si Léonard de Vinci a puisé dans la nature l'intuition de ses machines et la beauté de ses œuvres, c'est parce qu'il avait compris une chose essentielle : la nature est une ingénieure silencieuse. Depuis des millions d'années, elle invente, elle ajuste, elle perfectionne. Chaque organisme, chaque structure, chaque forme, chaque mouvement est le fruit d'une intelligence patiente, d'une adaptation fine au réel.

Aujourd'hui encore, les scientifiques, les architectes, les inventeurs, les artistes, tous ceux qui cherchent des solutions élégantes, sobres, efficaces, se tournent vers le vivant. C'est ce que l'on appelle le biomimétisme : imiter la nature non pas pour la dominer, mais pour apprendre d'elle.

Et puisque j'ai conçu ce livre aussi comme un échange de savoirs, que le biomimétisme sur lequel j'ai travaillé avec Gilles Boeuf m'a toujours passionnée, voici quelques exemples qui montrent ce génie du vivant :

Les alvéoles des abeilles : la géométrie de l'économie

Les ruches construites par les abeilles sont des chefs-d'œuvre d'ingéniosité mathématique : les alvéoles hexagonales permettent d'utiliser un minimum de cire pour stocker un maximum de miel. Cette structure, stable et légère, a inspiré l'architecture, l'aéronautique, le design, jusqu'aux structures des panneaux solaires.

Les abeilles nous enseignent l'économie des moyens, la coopération, le sens du collectif au service du durable.

Les feuilles de lotus : l'autonettoyage naturel

La surface des feuilles de lotus est recouverte de microstructures qui empêchent l'eau et la saleté d'adhérer : les gouttes roulent et emportent les impuretés. Ce principe a inspiré les peintures autonettoyantes, les tissus déperlants, les vitres anti-pluie.

La nature ne gaspille rien. Elle ne pollue pas pour se nettoyer. Elle nous offre des solutions douces, propres, intelligentes.

Le bec du martin-pêcheur et les trains japonais

Le bec long et fuselé du martin-pêcheur lui permet d'entrer dans l'eau sans éclabousser, sans choc, sans bruit. Ce principe a été repris pour concevoir le nez des trains à grande vitesse afin de surmonter les fortes contraintes du passage dans de multiples tunnels au Japon.

La soie d'araignée : plus résistante que l'acier

À poids égal, la soie produite par certaines araignées est plus résistante que l'acier et plus souple que le nylon. Cette matière inspire la recherche pour créer des fibres biodégradables, des implants médicaux.

L'araignée, pourtant si discrète, détient des secrets que l'industrie tente encore de percer.

Ce que la nature nous apprend

Ces exemples ne sont pas des anecdotes : ils sont des appels à l'éveil, des preuves que la nature ne fait rien au hasard, et que tout, dans ses formes comme dans ses rythmes, a une signification profonde.

La nature nous enseigne des méthodes de travail bénéfiques comme :

– la sobriété fonctionnelle, par opposition au gaspillage humain;

– l'adaptation douce, plutôt que la violence du forçage technologique;

– la coopération entre espèces, plutôt que la concurrence généralisée;

– le recyclage permanent, là où notre économie accumule les déchets. La nature ne produit aucun déchet.

S'inspirer sans exploiter, apprendre sans détruire

Apprendre de la nature ne signifie pas la piller une fois de plus. Cela implique un changement de regard, une alliance nouvelle. Non plus imposer à la Terre nos lois, mais écouter les siennes.

Car tout est là : la nature n'est pas un problème à résoudre, elle est une solution à respecter.

En reconnectant les enfants, les élèves, les citoyens à cette intelligence du vivant, nous leur donnons non seulement des clés d'innovation, mais aussi des repères éthiques. Nous leur disons : « Regarde comment la nature fait. Imite-la. Protège-la. Tu y trouveras la beauté, l'équilibre, et la vérité. Et tu pourras imaginer, inventer et créer. »

Les cinq mots à dire à un enfant, un adolescent à la manière de Léonard de Vinci

1. Respect

« La nature n'est pas à nous, elle est avec nous. On ne piétine pas une fleur sauvage, on ne l'arrache pas, on la regarde. »

2. Émerveillement

« Regarde comme c'est beau, un arbre, un papillon, une goutte d'eau. La nature est pleine de surprises. Et de génie. »

3. Patience

« Une graine met du temps à devenir une fleur. Comme toi, elle a besoin de soin et de lumière. Une araignée qui tisse sa toile. Un arbre qui pousse sans bruit. »

4. Fragilité

« Certains animaux ou plantes peuvent disparaître si on ne les protège pas. Ce sont des trésors rares. Une coccinelle qui aide les roses à se débarrasser des pucerons. Beaucoup d'oiseaux ont disparu à cause de la pollution. »

5. Gratitude

« Dis merci à l'arbre pour l'ombre qu'il te donne. Au ciel pour la beauté d'un coucher de soleil. Merci à la terre et à celles et ceux qui la travaillent, pour ce que tu manges. »

Protéger la planète pour prévenir la famine et les guerres et les migrations

Dans l'inconscient collectif, et aussi hélas de plus en plus dans les discours politiques climato-sceptiques, l'écologie est encore trop souvent perçue comme une affaire de « grenouilles », de « forêts lointaines » ou de « jolies causes ». C'est une erreur grave. Car ce qui se joue aujourd'hui dans la lutte pour la planète, c'est la condition même de la paix et de la sécurité humaine.

Il faut le dire avec force : un climat déréglé, une terre surexploitée, des ressources pillées, ce sont les nouveaux visages de la guerre.

La faim naît du dérèglement climatique

Les sécheresses prolongées, les inondations brutales, la disparition des sols fertiles, la destruction des écosystèmes agricoles : tout cela fragilise notre capacité à nourrir l'humanité.

En Afrique subsaharienne, des terres autrefois cultivables deviennent stériles. En Asie du Sud-Est, la montée des eaux salinise les rizières. En Europe, les rendements agricoles chutent avec les vagues de chaleur.

Ce que l'on appelle « insécurité alimentaire » est déjà une réalité pour plus de 800 millions de personnes dans le monde. Et la tendance s'aggrave : plus il y aura de catastrophes climatiques, plus il y aura de famines. Donc plus il y aura de migrations.

Protéger la planète, c'est donc protéger la terre nourricière, restaurer les sols, préserver l'eau, sécuriser les cultures. C'est garantir le droit à se nourrir dignement – un droit humain fondamental.

Les guerres naissent aussi du chaos écologique

Là où la terre meurt, les peuples fuient. Là où l'eau se fait rare, les tensions montent. Là où les ressources sont accaparées, les conflits éclatent. Ce que les climatologues, les militaires et les diplomates savent désormais, c'est que l'écologie est devenue une question géopolitique. Dans le rapport que j'ai remis à l'ONU au moment de la COP21 en décembre 2015, intitulé *Sécurité et climat*, j'ai pu rappeler que :

La guerre au Sahel est alimentée par la désertification.

Les tensions au Moyen-Orient sont exacerbées par la raréfaction de l'eau.

Les migrations massives, provoquées par les catastrophes climatiques, déstabilisent des régions entières.

Derrière chaque crise humanitaire, il y a souvent une crise écologique.

Et derrière chaque guerre à venir, il y a souvent une absence de gouvernance environnemental.

Protéger la planète, c'est donc construire la paix par l'équité. C'est partager les ressources, investir dans la résilience des territoires, restaurer les écosystèmes pour prévenir les déplacements forcés.

L'écologie, chemin de paix et de justice

Il est temps de comprendre que la justice climatique est la plus grande politique de prévention des conflits. C'est donc une solution pour réduire la dette de paix à l'égard des nouvelles générations.

Parce qu'elle permet de : maintenir les populations sur leurs terres ; restaurer la souveraineté alimentaire ; partager les ressources vitales sans violence ; créer des emplois durables dans l'énergie, l'agriculture, l'eau ; reconstruire la confiance entre les États et les peuples.

Protéger la planète, c'est réconcilier les humains avec leur territoire, et les sociétés avec leur avenir.

Un monde plus juste, ou un monde plus violent : c'est l'heure des choix

À ceux qui croient encore que l'écologie est un luxe de pays riches, à ceux qui disent que le dérèglement climatique est une plaisanterie (et qui sont les mêmes que ceux qui se plaignent des migrations), il faut répondre ceci : c'est l'action pour le climat ou alors les migrations massives. C'est la solidarité climatique ou le chaos.

Si nous restaurons les terres, nous ferons reculer la faim.

Si nous protégeons l'eau, nous désamorcerons des conflits.

Si nous respectons les équilibres de la Terre, nous protégerons les équilibres entre les peuples.

Le climat est une ligne de front. Mais c'est aussi un terrain d'alliance, de paix, de coopération. C'est à travers lui que nous devons reconstruire un nouvel ordre mondial fondé sur le soin, la justice et la prévoyance.

Investir dans le climat, loin d'être un coût ou une contrainte, peut être un formidable levier de croissance, de souveraineté et d'emploi, à condition de sortir d'une vision défensive pour adopter une stratégie de reconstruction dynamique.

C'est enfin la meilleure façon de réduire la dette budgétaire, financière et économique. La Chine l'a bien compris, qui y investit massivement. Et qui prend aujourd'hui le leadership sur les véhicules électriques par exemple, alors que la France a été le premier pays au monde à construire des voitures électriques, chez Peugeot (dès avant 1992, car je me souviens de les avoir soutenus) et Heuliez en 2004. L'Europe aurait dû lancer un appel à projets pour inventer des voitures électriques européennes unissant les savoir-faire exceptionnels des pays producteurs, France, Allemagne, Italie... En désespoir de cause et faute d'être entendue, j'ai lancé un appel à projet en région Poitou-Charentes et la magnifique petite Mia électrique, aujourd'hui imitée par l'Ami (les mêmes lettres dans un ordre différent), est sortie des chaînes de l'usine Heuliez de Bressuire. Mais faute d'envergure nationale, même Renault avait refusé de s'y intéresser... Et le ministre de l'Industrie de l'époque, aujourd'hui... président de la fédération automobile, avait ricané avec mépris sur ce projet alors que j'avais sollicité un partenariat, et pour bien enfoncer le projet il avait organisé une visite de l'usine Heuliez, en boycottant la chaîne de construction de la Mia électrique.

Je me souviens, en me rendant dans l'usine auprès d'eux le jour de la fermeture, de la tristesse des ingénieurs, techniciens et ouvriers.

Nous savions que nous avions compris les enjeux du futur. Nous n'étions pas les seuls. Il y avait là une douzaine de visiteurs chinois, appareils photos en mains, qui ont mitraillés intérieur et extérieur des voitures et même se glissant en dessous... À un moment, on a eu un fol espoir de reprise. Mais c'est chez eux qu'ils ont réalisé le projet, tandis qu'aujourd'hui l'industrie européenne automobile est en grande difficulté...

C'est pourtant dans cette industrie verte que se trouvent bien des solutions à nos problèmes. Ma conviction c'est que la lutte contre la dette climatique permet de gagner la lutte contre la dette budgétaire !

L'investissement climatique, moteur de croissance durable

L'économie verte repose sur des secteurs à forte intensité de main-d'œuvre et à fort contenu local : rénovation thermique, énergies renouvelables, transports propres, agriculture durable. Chaque euro investi produit un effet multiplicateur élevé, supérieur à des baisses d'impôts ou à des subventions fossiles.

Par exemple :

La rénovation énergétique crée 2 à 3 fois plus d'emplois que les industries carbonées pour un même niveau d'investissement.

Les énergies renouvelables (solaire, éolien, biomasse) sont non délocalisables et dynamisent les territoires.

L'adaptation climatique (réhabilitation de digues, lutte contre les îlots de chaleur, revégétalisation) engage les entreprises du BTP, du vivant, du numérique.

Une nouvelle productivité verte

Pendant des décennies, la croissance a reposé sur la surexploitation des ressources. Or ce modèle arrive à ses limites écologiques, sociales et économiques.

Investir dans le climat, c'est changer le cœur du système productif.

Une économie bas-carbone est plus résiliente, moins dépendante des matières premières volatiles, mieux intégrée aux chaînes locales.

Une réponse à la dette écologique… et financière

La dette climatique – accumulée par le retard des politiques publiques – est bien plus coûteuse que l'investissement préventif.

Selon la Banque mondiale, 1 € investi dans l'adaptation permet d'économiser 4 à 7 € de pertes futures.

En Europe, ne rien faire coûterait 190 milliards d'euros par an d'ici 2050, à cause des inondations, canicules, pertes agricoles, migrations climatiques…

Investir aujourd'hui, c'est réduire la dette de demain, soulager les finances publiques futures, et restaurer la confiance des jeunes générations.

Une relance sociale juste et territoriale

L'écologie peut être un nouvel ascenseur social, si elle est conduite avec justice :

- former les jeunes et les travailleurs aux métiers de la transition (200 000 à 500 000 postes à pourvoir en France);
- réduire la précarité énergétique (1 ménage sur 5 en France);

– réconcilier les territoires ruraux et périurbains par des projets locaux (forêts, circuits courts, mobilités douces), en protégeant l'agriculture durable.

Ce sont des emplois concrets, utiles, porteurs de sens. Une croissance qui répare, pas qui détruit.

Une souveraineté géopolitique retrouvée

Investir dans le climat, c'est réduire notre dépendance au gaz, pétrole et uranium importés, protéger nos filières agricoles de l'instabilité climatique, innover dans des technologies stratégiques (batteries, matériaux durables, sobriété numérique).

C'est une croissance indépendante, innovante, durable – au lieu de subir le prix du pétrole ou les sanctions géopolitiques.

Et maintenant ?

Il est encore temps. Mais il faut agir avec clarté et courage. Investir massivement dans la transition. Faire des territoires abandonnés les pionniers de la résilience. Mettre la santé environnementale au cœur des politiques publiques. Interdire ce qui tue. Encourager ce qui soigne. Pousser les réunions internationales à déboucher sur du concret.

Surtout, il faut écouter la colère des jeunes sans la mépriser. Car ils ne nous demandent pas des discours : ils nous demandent des actes. Ils nous demandent : « Mais qui va garder notre planète ? » Et cette question est une interpellation solennelle. Une convocation à la responsabilité. Une invitation à ne pas trahir leur avenir.

Chapitre 3

Mais qui va leur donner la liberté d'être libres ?

On leur a tant demandé de tenir. De serrer les dents. De s'adapter. Comme si la liberté d'être libre était une vertu magique que les jeunes pourraient puiser indéfiniment en eux-mêmes, indépendamment de ce que la société leur donne ou leur retire. Mais je le sais par expérience : la résilience, c'est-à-dire le nouvel équilibre, n'est pas une ressource illimitée. Elle ne se commande pas. Elle se cultive. Elle naît dans un terreau de bienveillance et de temps donné au temps. Elle s'épanouit lorsque les jeunes savent qu'ils ne sont pas seuls, qu'ils peuvent s'appuyer sur un socle solide : celui d'une société qui tient ses promesses.

Voir leur courage, sans fermer les yeux sur leurs blessures

Partout où l'on regarde, on croise ce courage discret : celui d'une adolescente qui traverse les insultes du harcèlement scolaire et trouve pourtant l'énergie d'aider les plus jeunes à faire leurs devoirs ; celui d'un lycéen en service civique qui, entre deux emplois précaires, consacre ses soirées à réparer des vélos pour son quartier ; celui d'une étudiante qui, malgré l'angoisse climatique, plante des arbres avec des enfants des écoles.

Ce courage-là force le respect. Mais il ne doit pas masquer les blessures profondes : anxiété écologique, violences sexistes et sexuelles, isolement numérique, précarité des logements, manque d'accès à la culture et aux soins. La vraie politique de la jeunesse commence par nommer ces blessures, et par y répondre concrètement.

La résilience n'est pas la débrouille

Combien de fois ai-je entendu dire : « Ils s'en sortiront, ils sont débrouillards » ? Non. La débrouille, c'est survivre malgré tout. La liberté d'être libre, que l'on peut appeler la résilience, c'est trouver un nouvel équilibre, rebondir parce qu'on a trouvé du soutien. C'est pourquoi protéger cette force signifie investir là où elle se construit : dans les familles, dans l'école, dans les associations, dans les lieux de culture et de sport, dans les institutions de proximité qui donnent à chacun une place et une dignité.

Protéger la capacité de s'en sortir, ce n'est pas demander aux jeunes d'être plus forts; c'est rendre la société plus fidèle à ses devoirs. Et c'est à cette condition que l'on pourra leur demander des efforts, des engagements, du courage, du travail, leur donner la motivation pour arrêter de se plaindre afin qu'ils se demandent non pas ce que leur pays leur doit, mais ce qu'ils peuvent lui apporter de meilleur avec leur travail, leurs passions et leur volonté.

Ce que nous leur devons

Un environnement protecteur et exigeant : une école où l'excellence va de pair avec la bienveillance, où la lutte contre le harcèlement est ferme et constante, où la santé mentale est suivie comme une priorité nationale, et où chaque élève, quel que soit son milieu, peut accéder à la beauté de la culture.

Une transition écologique vécue, pas seulement apprise : des cantines bio et locales, des logements familiaux rénovés, des transports propres accessibles, des projets de terrain où les jeunes participent à réparer le monde au lieu de se contenter de l'étudier.

Un numérique régulé et sûr : l'interdiction effective des contenus violents et sexistes, l'éducation aux médias dès le primaire, le droit au répit face à l'algorithme qui épuise.

Une justice sociale réelle : logements étudiants abordables, stages rémunérés décemment, aides simples à obtenir, et reconnaissance publique des engagements solidaires ou écologiques.

L'égalité des chances, socle de confiance

On ne peut pas parler de liberté et de réussite sans parler d'égalité. Ce mot est parfois galvaudé, mais il est le miroir d'une société. L'égalité entre filles et garçons, entre quartiers et campagnes, entre enfants valides et en situation de handicap, est la condition pour que la force de l'un ne se bâtisse pas sur la fragilité de l'autre.

Quand une jeune fille échappe aux violences grâce à un accueil spécialisé, quand un adolescent retrouve confiance grâce à un tuteur, quand un jeune en rupture scolaire découvre sa valeur dans un projet collectif, c'est la République qui se répare, et avec elle notre avenir.

Transmettre et faire place

Protéger leur liberté d'être libre, c'est aussi leur donner voix au chapitre. Trop souvent, on consulte la jeunesse comme un décor, puis on décide sans elle. Il faut l'inverse : des budgets participatifs de jeunesse, des instances où leurs propositions deviennent des lois locales, des évaluations de politiques publiques faites par celles et ceux qui en subissent les conséquences.

Transmettre, c'est aussi montrer que l'avenir n'est pas condamné. Leur parler des métiers du soin, de l'éducation, de la transition écologique, de la réparation des injustices comme d'horizons de fierté et non comme de sacrifices.

La promesse que nous devons tenir

Protéger la liberté d'être libre des jeunes générations, c'est leur promettre qu'ils n'auront pas à porter seuls le poids des crises. C'est leur garantir que les adultes – parents, enseignants, élus, citoyens – se tiendront debout à leurs côtés. C'est leur rendre le droit à l'insouciance quand ils sont enfants, et le droit à l'espoir quand ils deviennent adultes.

Je le dis avec gravité : si nous laissons s'épuiser cette force, nous perdrons plus qu'une génération. Mais si nous la nourrissons, elle deviendra l'énergie même qui relèvera notre pays. Car une jeunesse protégée, respectée et écoutée, c'est la promesse tenue d'un avenir où leur réussite n'est plus une défense individuelle, mais une victoire collective.

Comme un écosystème fragilisé

Dans une forêt, les racines des arbres s'entrelacent sous la terre. Elles échangent eau, nutriments et signaux d'alerte. Si un arbre est blessé, tout le réseau se mobilise. Dans notre société, ce réseau de racines, ce sont les familles, les écoles, les associations, les services publics. Mais lorsque ces liens sont coupés ou affaiblis, l'arbre isolé dépérit.

Aujourd'hui, trop de jeunes poussent dans des sols appauvris : logements précaires, manque d'accès aux soins, isolement numérique, violences verbales et physiques. Leur résistance naturelle existe, mais elle est fragilisée par l'épuisement de ce qui devrait les nourrir.

L'adaptation comme leçon du vivant pour nos institutions

Après un incendie, la forêt n'est pas la même. De nouvelles espèces apparaissent, certaines disparaissent, d'autres reviennent après des décennies. La nature n'oublie pas l'épreuve, mais elle transforme ses blessures en paysages nouveaux.

C'est ce que doit faire aussi notre démocratie. Après les crises sociales, sanitaires, climatiques, nous ne pouvons pas revenir à l'identique. Nous devons bâtir des institutions plus solides, une école plus protectrice, un espace public plus sûr, un numérique mieux régulé. La jeunesse a besoin que nous apprenions de nos erreurs, comme la nature apprend de ses tempêtes.

Transformer la crise en levier

Dans les deltas, quand un fleuve déborde, il dépose un limon fertile. L'inondation, destructrice à court terme, prépare la croissance future. Ainsi en est-il des crises démocratiques : elles peuvent assécher la confiance, mais elles peuvent aussi fertiliser nos choix si nous savons écouter les signaux d'alerte.

Pour les jeunes, cela signifie transformer les épreuves – harcèlement, précarité, discriminations – en prises de conscience collectives qui entraînent des réponses durables et justes. Comme la nature, la démocratie meurt si on l'abîme sans limites, mais elle renaît si on la soigne.

Je veux dire à nos jeunes : vous n'êtes pas seuls dans la tempête. Nous avons le devoir de réparer le climat de la Terre et le climat social qui vous entoure. Ce sont deux fronts d'un même combat. Nourrir votre désir de réussir, garantir votre liberté d'être libres, c'est défendre à la fois la planète qui vous portera et la République qui vous protégera. C'est le même élan, la même urgence, et surtout la même promesse : vous offrir un avenir où la vie pourra continuer de croître, malgré les tempêtes et les crises.

Chapitre 4

Mais qui va garder leur droit à la beauté et à la création ?

La beauté n'est pas un luxe

On a voulu nous faire croire que la beauté appartenait aux privilégiés, qu'elle relevait du domaine du superflu. C'est faux. La beauté est une nécessité. « La beauté sauvera le monde », rendons à Dostoïevski cette pensée mondialement reprise, issue de L'Idiot. Non pas une beauté décorative, mais celle qui rend la vie habitable et le monde supportable.

Et Victor Hugo ajoutait, dans *Les Misérables* : « La beauté est aussi utile que l'utilité. » Voilà ce que nous oublions trop souvent : la beauté ne vient pas après, elle vient avec.

La grâce comme abandon du moi

Simone Weil parlait de l'abandon du moi.

La grâce, c'est ce moment où l'on cesse de vouloir posséder et où l'on accepte de recevoir. Baudelaire l'avait pressenti : « Le beau est toujours bizarre. » Il échappe à la volonté, il surgit comme une révélation. L'enfant, plus que l'adulte, a cette capacité d'abandon, pour peu qu'on ne lui vole pas ce droit.

L'inégalité devant la beauté

« Vous pouvez couper toutes les fleurs, vous n'empêcherez pas le printemps. » Pourtant, combien d'enfants sont aujourd'hui privés de fleurs, de couleurs, d'arbres, de poésie dont Pablo Neruda se fait l'écho ?

George Sand écrivait que « la beauté du monde console de tout ». Mais comment se consoler quand le monde qu'on offre aux enfants est fait de murs gris et de réseaux vulgaires et surtout de faits divers atroces, d'échos des guerres et de leurs horreurs ?

L'inégalité devant la beauté est une blessure silencieuse. Là où certains enfants apprennent à lire avec Prévert ou à chanter avec grâce, à jouer d'un instrument ou à comprendre les chefs d'œuvre de la peinture, d'autres grandissent sans autre horizon que les écrans saturés d'images violentes.

La contemplation de la beauté nous appelle à aimer et nous invite à créer. Albert Camus, lui, a trouvé dans la beauté d'Alger, dans la lumière de la Méditerranée, une force contre le désespoir : « Au milieu de l'hiver, j'apprenais enfin qu'il y avait en moi un été invincible. »

La beauté n'est pas une échappatoire : elle est une école d'espérance. Elle apprend à respecter les autres, à ne pas céder à la cruauté. Et surtout à nourrir l'imagination donc la créativité, qui constituent les fondamentaux de l'énergie d'un peuple, d'un pays, d'un territoire.

Les écoles maternelle et primaire françaises sont des joyaux de ce point de vue par tout ce qu'elles apprennent et transmettent aux enfants en création artistique et sur la nature. Le collège et le lycée devraient renforcer inlassablement cette force culturelle. D'ailleurs s'il fallait citer une action dont nous avons été les plus heureux en Poitou-Charentes, ce fut la création des Nuits Romanes pour apporter dans tous les villages la culture vivante et les concerts en utilisant les édifices romans comme écrin, et les animateurs culturels dans les lycées pour accéder aux pratiques culturelles élitistes avec un soin particulier pour les lycées professionnels et ruraux, éloignés de tout. Aujourd'hui encore j'en reçois des témoignages de gratitude. Dans tous les domaines : les arts, les monuments, la pratique musicale, les cultures populaires, les institutions, les sciences, les créations de la nature, les savoir-faire ancestraux comme les nouveautés créatrices aussi d'un monde commun qui a du sens et qui permet de lutter contre les inquiétudes, les solitudes et la perte de sens. En éveillant les sens, justement !

Conclusion

Lettre d'encouragement aux jeunes générations dépossédées

Ils vous ont pris l'insouciance, la certitude d'un avenir ouvert, parfois même le droit de rêver. Ils vous ont transmis des dettes, des blessures, des horizons abîmés.

Mais vous n'êtes pas condamnés. Vous êtes les générations qui peuvent transformer l'injustice en levier, la lucidité en force, la colère en énergie créatrice.

Ne croyez pas ceux qui vous disent que tout est perdu : ils ont peur de votre puissance. Ne croyez pas ceux qui vous traitent de rêveurs : ce sont les rêves collectifs qui font les grandes transformations positives.

Vous êtes la génération de la réparation et de l'invention. Malgré les dettes qui vous sont laissées et que j'ai tenté de cerner dans ce livre, et vous avez sans doute à y ajouter, l'avenir est entre vos mains. Et vous êtes sa plus grande chance.

À vous, générations dépossédées, je veux parler sans détour. Vous grandissez dans un monde où les dettes s'accumulent sur vos épaules : dettes financières, dettes écologiques, dettes sociales, dettes de confiance. Ils vous ont transmis moins que ce qu'ils ont reçu, et c'est une faute. Ils vous ont privées de certitudes, parfois même du droit à l'insouciance. Vous avez l'impression d'arriver après la fête, dans une maison en désordre où l'air est lourd, où les promesses semblent usées avant même d'être tenues.

Mais je veux aussi vous dire qu'il n'y a pas de fatalité. Chaque génération a dû affronter ses épreuves. Les vôtres héritent de blessures profondes, mais aussi d'outils inédits. Jamais la conscience écologique n'a été aussi vive, jamais les moyens de communication n'ont été aussi puissants, jamais la créativité n'a circulé si vite d'un bout du monde à l'autre. Vous êtes blessés, mais vous êtes aussi reliés. Vous avez devant vous non seulement le poids des héritages, mais aussi la chance de réinventer l'avenir et donc de le désirer.

Ne laissez pas ceux qui vous ont dépossédés vous voler aussi l'espérance. Résistez au cynisme, refusez la résignation. Il n'y a pas de plus grande victoire que de transformer une injustice en levier de changement. C'est à vous qu'il revient de dire : « Nous ne voulons plus de ce monde abîmé. Nous allons en bâtir un autre. » Et ce jour-là, croyez-moi, personne ne pourra vous arrêter.

Les générations d'avant ont le devoir de vous rendre la confiance qui vous a été volée et pour commencer, un monde en paix. Mais vous, vous avez le pouvoir d'écrire une nouvelle page de l'histoire, à condition de ne pas baisser les bras. Vous n'êtes pas seulement la génération dépossédée : vous êtes la génération qui peut réparer, qui peut guérir, qui peut inventer. Et dans ce pouvoir immense, il y a la plus belle des promesses : celle que demain, grâce à vous, sera encore possible, en bien mieux.

Vous grandissez dans un monde où l'on vous a trop souvent fermé les portes avant même que vous n'ayez frappé. Ils vous ont parlé de crise comme d'un destin, de dette comme d'une fatalité, de rétrécissement comme d'une évidence. Ils vous ont répété que « c'était mieux avant », comme si l'avenir vous avait déjà été confisqué.

Mais je vous le dis : vous n'êtes pas condamnés à l'absence. Votre temps vient. Car ce que je nomme dépossession n'est pas une fin : c'est un appel. Vous êtes la génération qui peut faire basculer l'histoire, non pas en répétant les modèles usés, mais en inventant une manière nouvelle d'habiter la Terre, de travailler, d'aimer, de créer.

Ne croyez pas ceux qui vous disent que tout est perdu : ils ont peur de votre énergie. Ne croyez pas ceux qui vous traitent de rêveurs : ils ne savent pas que les rêves, lorsqu'ils sont portés par une génération entière, deviennent des puissances d'action. Vous êtes la promesse d'un monde plus juste, plus beau, plus habitable. Vous êtes les héritiers d'une humanité blessée, mais vous êtes aussi ses guérisseurs.

Alors, générations dépossédées, relevez-vous. Prenez en main ce qui vous a été refusé. Ne vous contentez pas de survivre : osez vivre, inventer, transformer. L'avenir n'attend que vous, et vous êtes sa chance la plus éclatante.

Le monde d'hier et d'aujourd'hui vous doit réparation. Non pas pour effacer le passé car nul ne le peut, mais pour alléger les fardeaux qui pèsent sur vos épaules et vous rendre l'espace nécessaire pour déployer vos propres ailes. Libérés de ces poids, vous pourrez non seulement avancer, mais inventer. Et cela vaut pour les jeunes de tous les pays j'en suis sûre.

Ce livre est né de cette conviction : réparer n'est pas une option, c'est un devoir. J'ai tenté d'y tracer des chemins, d'esquisser des réponses, de montrer comment il est encore possible de rendre justice à vos générations, afin que vous puissiez, enfin, prendre votre essor.

Alors, mais qui va garder les enfants ?

J'ai vraiment le sentiment d'avoir reçu de mes quatre enfants tellement plus que ce que j'avais imaginé. Je les regarde, admirative, pour ce qu'ils sont devenus par leur talent, leur travail, leur passion réalisée, leurs valeurs morales, leur gentillesse. Je profite de leur présence affectueuse et tendre.

Ils ont déjà mis au monde à leur tour cinq enfants, un de plus qu'ils ne sont, comme un cadeau supplémentaire à la vie. Et je renoue avec l'éblouissement tellement joyeux de la petite enfance insouciante et malicieuse, qui découvre les beautés de la nature que je leur apprends.

Chacun d'eux est une promesse, un visage nouveau qui éclaire l'avenir.

Je voudrais offrir à tous les enfants le monde que j'espère pour les enfants de mes enfants : un monde plus beau, plus paisible, plus joyeux. Même lorsque je ne serai plus là, je veux qu'ils puissent grandir libres et confiants, portés par la certitude d'une promesse tenue.

Cette transmission est un bonheur qui dépasse les mots.

Elle porte en elle la certitude que rien de ce qui a été semé n'a été perdu. Que l'amour donné revient, transformé, multiplié, comme une source qui ne tarit jamais.

Alors, plus jamais on ne pourra me lancer ce vieux reproche : « Mais qui va garder les enfants ? »

Ils l'ont été, bien gardés. Aimés, protégés, accompagnés.

Et aujourd'hui, à leur tour, ils portent la vie, la protègent, la transmettent. Et rien n'est plus réjouissant.

Table

Composition réalisée par Belle Page

Cet ouvrage a été imprimé en France par
CPI Brodard & Taupin
Avenue Rhin et Danube
72200 La Flèche (France)

pour le compte des Éditions Fayard
13 rue du Montparnasse, 75006 Paris
info-fayard@editions-fayard.fr
en octobre 2025

PAPIER CERTIFIÉ

fayard s'engage pour l'environnement en réduisant l'empreinte carbone de ses livres.
Celle de cet exemplaire est de :
500 g éq. CO_2
Rendez-vous sur
www.fayard-durable.fr

N° d'édition : 75-1301-6/01 - N° d'impression : 3062694